Un sale livre

Du même auteur
Chez le même éditeur

La Remplaçante, 1996.
Rue Josaphat, 1999.
Ado blues, 2002.
Monsieur Bonheur, 2003.
Vidéo Poisse, 2007.
Le Coupable rêvé, avec André-Paul Duchâteau, 2007.
Tabou, 2008.
Journal de Jamila, 2008.
L'amour à boire, 2008.
Aurore barbare, 2008.
Rose bonbon, Noir goudron, 2009.
Rose afghane, 2012.
La Forêt plénitude, 2013.
Le Stylo, 2014.
Je t'enverrai des fleurs de Damas, 2014.
Voleur de vies, 2015.
La Miss, avec André-Paul Duchâteau, 2018.
Double vengeance, 2019.
Meurtre à la bibliothèque, 2020.

Troisième édition
Novembre 2019

Rue de l'Ouvrage, 18
B-5000 Namur
www.mijade.be

Couverture : Annick Masson / Shutterstock
D/2016/3712/18
ISBN 978-2-87423-091-2

Imprimé en Bulgarie

Frank Andriat

Un sale livre

Roman

Mijade

Pour Carine, Esther et Isabelle,
en souvenir d'un Baeckeoffe aux trois poissons
savouré dans un atelier de menuiserie,
un soir de canicule.

Je n'aime que les livres dont les pages sont imbibées de ciel bleu – de ce bleu qui a fait l'épreuve de la mort. Si mes phrases sourient, c'est parce qu'elles sortent du noir.

Christian Bobin, *L'homme-joie.*

La lectrice

Ce livre-ci, elle l'aime bien. Il ne ressemble pas à ces histoires à dormir debout, souvent à la limite du compréhensible et alourdies de descriptions kilométriques que la prof de français impose d'habitude. Les mots sonnent juste, on s'y croirait, l'aventure est plaisante et fleurie d'émotion, c'est comme la vie avec ses ombres et ses lumières. Sans compter le fait que l'auteure parle comme les ados et que ses personnages n'utilisent pas de formules alambiquées et moyenâgeuses pour exprimer ce qu'ils pensent. « Merde », c'est merde et « Putain », c'est putain, comme on le dit dans la cour de récré, sans fioriture.

Le sujet du roman, c'est la liberté d'expression et l'ouverture à l'autre. Des thèmes bateau depuis les horribles attentats de janvier et de novembre 2015 à Paris, un sujet que chaque enseignant se sent obligé d'aborder pour faire la morale aux ados et pour les mener à construire une société meilleure que celle que ces mêmes adultes ont créée.

« Fais pas ce que j'ai fait ! Ne suis pas mon exemple ! Ma génération a tout foiré. » Et ils ne demandent même pas pardon ! Le type de message qui donne aux jeunes une folle envie de vivre ! Ils ne comprennent pas pourquoi les adultes leur ont légué cette société où l'on écrase chacun et où l'on se méfie de tout le monde. Le pire, c'est que ce sont eux qui viennent avec de belles phrases et des livres alors qu'ils n'ont pas été capables d'assurer ! Sarkozy parce que je le veux bien et, ensuite, ma pire Le Pen après un détour en Hollande ?

Quand elle a lu la quatrième de couverture, Justine s'est dit « Encore du baratin ! » Ça puait les bonnes intentions. Le genre de bouquin que les profs imposent pour faire réfléchir à l'équilibre de la planète et pour lancer le débat à propos des valeurs citoyennes. L'histoire de Nadir, jeune réfugié syrien, arrivé dans un collège de Mulhouse et confronté aux difficultés de sa nouvelle vie et à son intégration dans la société française. Évidemment, pour pimenter le plat, l'auteure a ajouté un Juif dans la classe et quelques crétins sauce extrémiste qui ont les immigrés dans leur collimateur comme les fous qui cherchent à écraser les lapins quand ils sont au volant de leur bagnole.

Persuadée qu'elle était partie pour un tour de carrousel dégoulinant de bons sentiments, Justine a entamé le roman avec des pieds de plomb. Dès la première page, elle a été surprise. Un livre, il suffit parfois de quelques lignes pour qu'il vous emporte ! Pour tout avouer, elle avait emmené le bouquin aux toilettes : puisqu'elle l'imaginait chiant, c'était le meilleur endroit pour en débuter la lecture. Après vingt pages, elle ne l'avait pas lâché et c'est son petit frère Arthur, pressé par un besoin urgent, qui, en frappant comme un dingue sur la porte, l'a ramenée au réel. « Purée, Justine, je dois pisser ! Dégage ! »

Le livre commence par une baston entre Nadir et le groupe de fachos de sa classe. Un piège à cons : il se fait coincer par les trois crânes rasés sur le chemin vers chez lui, pas très loin du zoo. L'auteure raconte que c'est à l'instant où il a entendu rugir le lion dans sa cage que les trois autres fauves ont commencé à l'insulter. Et, évidemment, il ne se laisse pas faire : en Syrie, avant d'être obligé de quitter son pays, il a appris à se battre. C'est d'autant plus facile que les trois tarés n'ont pas d'arguments : « En France, on est chrétiens et on n'aime pas les musulmans. » Nadir leur répond qu'il est chrétien et que c'est justement pour cela qu'il a dû fuir son pays. Et il ajoute poliment qu'ils devraient se renseigner sur l'autre avant de le condamner. Un raciste est vite déstabilisé quand on a des idées. Ils le regardent avec un air de carpe d'étang avant d'ajouter, fiers de leur trouvaille : « On n'aime pas les chrétiens arabes, alors ! » Nadir leur demande s'ils se sentent capables d'aimer quelqu'un d'autre qu'eux-mêmes. En Syrie, son père était professeur de lettres modernes et sa mère, folle de culture française, lui a appris bien plus que des rudiments de la langue, ce qui a surpris élèves et profs quand il est arrivé parmi eux.

Justine a tout de suite kiffé le personnage de Nadir. L'auteure ne le décrivait pas vraiment dans son livre, et, grâce à cela, elle a pu l'imaginer beau, fort et intelligent, sans compter que pour être ainsi, il faut qu'un garçon soit fragile et sensible. Enfin, selon ses critères à elle. Un mec qui n'a pas de cœur, c'est un veau. Elle aurait aimé rencontrer le personnage de Nadir dans le réel, mais, au collège, les garçons, ce n'est pas le top. Des petits intellos à lunettes qui se cachent derrière leurs boutons ou des frimeurs qui, du fond de la classe, déshabillent les filles avec des regards de prédateurs. Dans les livres, heureusement, les garçons n'ont pas les défauts de ceux du réel qui arrivent dans la classe, ébouriffés, bouffis et puants parce qu'ils n'ont pas entendu leur réveil et qu'ils ont oublié de prendre leur douche et de se brosser les dents, le matin.

Elle a rejoint sa chambre avec le roman. Pas question qu'elle le lâche aussi vite ! Elle voulait savoir comment Nadir s'en tirerait avec le groupe de skinheads. À sa mère qui lui demandait de lui filer un coup de main à la cuisine, elle a répondu qu'elle ne pouvait pas, qu'il fallait absolument qu'elle achève le livre que la prof de français avait donné à lire ! Sa mère a ri et a lancé : « Parce que tu lis les romans qu'on t'impose à l'école, maintenant ? » Justine lui a adressé une vilaine grimace de loin, mais n'a rien osé rétorquer. C'est qu'elle en a récolté des commentaires acerbes depuis le début de l'année quand elle ramène ses contrôles de lecture avec des remarques assassines de la prof ! « Es-tu sûre d'avoir ouvert le livre ? Manque de sérieux ! Nous n'avons pas dû lire le même roman ! »

Le plus grand des skinheads a saisi Nadir par le col de la chemise et l'a plaqué contre le mur. Ce gros nase se donnait un genre et n'imaginait pas qu'il agressait quelqu'un qui avait connu la guerre, la vraie, pas celle qu'on vit dans les jeux vidéos, dans les banlieues et à la télé. Quand l'autre a insulté sa mère, il a fallu moins d'une seconde à Nadir pour lui mettre la main au panier et lui tordre les couilles. Ça, mon pote, ça fait très mal et l'autre a hurlé avant de tomber à genoux en pleurnichant de douleur. Ses deux clones ont reculé d'un pas. Ils n'avaient jamais vu le chef dans cet état. Lui qu'ils prenaient pour un géant ! Nadir s'est lentement détaché du mur et a dit calmement : « Ne répète jamais ça ! » L'autre qui n'avait qu'une cervelle de skinhead (à force de se la raser, ils se l'arrachent) a sifflé entre ses dents : « Ta mère, elle est morte ! » Toujours sans élever le ton, Nadir a répondu : « Je sais, elle a été tuée par les fous de Daech. C'est à cause de cela que je suis en France. » L'autre qui croyait avoir proféré une menace terrible a pâli. Ce Nadir lui coupait décidément tous ses effets.

Justine a frémi en tournant la page. Pourquoi leur gentille prof au sourire d'ange leur a-t-elle proposé un livre pareil ? Madame Latour est quelqu'un de posé, de paisible, qui s'énerve rarement et qui tente sans cesse de mener chacun au meilleur de lui-même. Justine s'en veut parfois de lui en faire voir de toutes les couleurs. Madame Latour mérite mieux que ses sautes d'humeur, mais, à quinze ans, Justine ne gère pas son impulsivité et son caractère rebelle. Il faut dire qu'elle a des excuses pour cela. Dans son dossier scolaire, il doit être noté quelque part: « Situation familiale difficile. » Madame Latour a peut-être voulu provoquer les élèves les plus durs de la classe qui lui reprochent de leur conseiller des romans nunuches qui sont la preuve vivante que la littérature, ce n'est pas la vraie vie ou des classiques qu'il faudrait lire avec le dictionnaire si l'on ne dénichait pas leur résumé sur Internet.

Justine n'a jamais associé lecture et frisson. Jusqu'à ce roman-ci, c'est un peu comme si elle considérait les histoires de l'extérieur, sans y participer, sans plaisir. Les personnages, elle sait qu'ils ne sont pas réels et ils ont toujours une odeur de vieux papier ou de conte de fées. Mais ici, Nadir, il est classe et il lui rappelle un peu Faruk qu'elle trouve vraiment trop mignon. Il est arrivé au collège en janvier et il a des yeux verts qui la font rêver. Au début, ça n'a pas été facile pour lui. Quand les profs ont demandé aux élèves de l'aider à s'adapter au groupe, certains ont répondu que c'étaient les étrangers qui devaient faire un effort d'adaptation, pas les Français. Toujours les mêmes : Jean-Vincent, Ludo et Philippe qui croient que l'Alsace n'appartient qu'aux Alsaciens et pour qui même un Breton a une tête d'Arabe. Des petits bourges qui n'ont rien des skinheads du roman, mais qui pensent de manière aussi barje qu'eux.

Nadir s'est éloigné et les trois pauvres d'esprit n'ont pas trouvé une insulte à lui balancer dans le dos. Il était chrétien, sa mère avait été la victime de barbares, il osait s'en prendre au chef plutôt que de faire profil bas, il semblait n'avoir peur de rien. Trop d'éléments pour ces têtes de nœuds. C'était comme une équation à deux inconnues : ils n'y pigeaient que dalle. Évidemment, l'histoire n'allait pas s'arrêter là. L'auteure avait décidé de faire vivre des aventures palpitantes à son personnage. Plus de deux cents pages, une dizaine de chapitres. Pas du baratin, de la vie avec du sang et des larmes. Et de l'amour aussi pour que le drame de Nadir ne soit pas qu'une triste équipée qui file le cafard sans offrir une pincée de bonheur.

Quand il a estimé que Nadir était assez loin pour ne pas pouvoir l'entendre, le chef a sifflé entre ses dents : « Putain, mec ! Comme ta mère, t'es mort. Daech, c'est moi ! » Un des deux cafards a souri et a dit en serrant les poings : « Ça, c'est des mots, chef : le muslim, fallait pas qu'il te torde les couilles, t'es pas un cochon. » L'autre tache a ri et a rétorqué : « Les cochons, ils sont pas rebeu, crétin. Eux peuvent pas en manger à cause du Coran. Les cochons, ils sont français ! »

C'est à cet instant-là que Justine a éclaté de rire. Ces bouffons étaient franchement trop cons. Où l'auteure allait-elle chercher des personnages pareils ? Justine a songé à son père et a trouvé une réponse immédiate : dans la vie, évidemment. Il suffit de se pencher et de se servir. Son vieux était aussi ouf que ces blaireaux. Un mec qui n'aime personne et qui veut toujours avoir raison envers et contre tous. D'ailleurs, il fallait qu'elle ferme le livre. Elle l'entendait hurler en bas : « Justine, on bouffe et on t'attend pas ! Tu grouilles tes miches ! » Elle eut soudain l'impression que le repas préparé par sa mère ressemblerait à un gros tas de purée infâme et gras. Les mots de son père gâchaient tout. S'il avait demandé : « Tu descends manger, Justine ? », sûr qu'elle aurait eu plus d'appétit. Mieux valait ne pas trop traîner pour éviter une nouvelle salve de mots lourds. Elle a déposé le roman sur son lit et elle est descendue à la cuisine.

Il était installé comme un pape, derrière la table, en marcel et en short, suant, une bière posée devant lui (la bouteille sans le verre) et il attendait que sa femme lui passe le plat. Justine a poussé un profond soupir intérieur, mais elle n'a lâché aucun commentaire pour éviter de gâcher définitivement le repas. Lorsqu'il s'énerve, il est très grossier, voire violent et, dans ces cas-là, la vie à la maison devient insupportable. Sa mère avait préparé de savoureuses tartes aux légumes et au saumon. Elle adore cuisiner et le gros lourd a bien de la chance. Il s'est servi pour trois. Justine a songé au discours de madame Latour sur la citoyenneté responsable et sur le respect de l'autre : cela ne devrait-il pas commencer à la maison ? La dernière répartie qu'elle avait lue lui est revenue à l'esprit « Les cochons, ils sont français ! » et ça l'a fait pouffer. Évidemment, la réaction du vieux a été immédiate : « Qu'est-ce qu'il y a de drôle ? J'ai une queue en tire-bouchon ? » Il ne pouvait pas mieux dire ! Justine n'a pas pu se contenir et a éclaté de rire. L'autre a semblé satisfait de provoquer une aussi belle crise d'hilarité chez sa fille, a vidé sa bière en trois gorgées et a demandé à sa femme, qui venait de se servir, si elle pouvait lui en ramener une autre, « bien fraîche », du frigo.

Justine a pensé que si l'on décrivait la scène du repas qu'elle était en train de vivre dans un roman, certains lecteurs l'estimeraient exagérée, voire provocante. Au fond, ce qu'on trouve dans les livres est souvent dépassé par la réalité. Son père a émis un gros rot dégueulasse et a tourné les yeux vers sa femme en disant que le repas était bon. Ensuite, en se caressant la panse, il a précisé qu'il laissait une place pour le dessert et il a ponctué sa déclaration d'un nouveau rot, plus sourd qui a fait pouffer le petit Arthur. Un vrai romantique ! La tarte poireaux-saumon avait vraiment dû lui plaire, car il s'est tourné vers Justine et lui a demandé si, au collège, ça marchait. « Ta mère m'a dit que tu lisais un livre. Tu vas arriver jusqu'au bout, cette fois-ci ? »

La prof

Karine Latour apprécie l'œuvre de Christian Bobin. Elle y trouve une paix de l'âme et une grâce que peu d'auteurs lui procurent. Elle aime la lecture et elle rêve que chacun de ses élèves découvre ce plaisir délicat et actif qu'aucun écran ne pourra jamais remplacer. Un rêve de prof? Et pourquoi pas ? Si l'on cesse de rêver, est-on encore réellement vivant ? Elle peut flâner des heures dans sa librairie préférée, à la recherche de nouveaux titres, d'univers inattendus, de phrases émouvantes. Elle feuillette, elle pêche quelques mots çà et là, s'y attarde, les laisse parfumer l'atmosphère, voire la déstabiliser. Certains écrivains sont si inattendus qu'ils secouent.

Nadir a tout de suite su qu'il s'était créé des ennemis. Dire que son père les a emmenés en France pour qu'ils vivent en paix et qu'ils retrouvent un peu d'espoir ! Après l'horreur absolue. Dans ses cauchemars, il ne cesse d'entendre les cris. Les coups de feu, ensuite. Sa mère a eu de la chance, elle n'a pas souffert.

Tuée par une avant-garde de Daech lors de leur entrée dans la ville. Ils sont arrivés dans des 4X4 surmontées de leur horrible drapeau noir. Les nouveaux pirates, sabre entre les dents, nés pour terroriser les femmes et les enfants. Ils ont tiré des coups de feu en l'air pour annoncer qu'ils étaient les maîtres du monde et, ensuite, pour faire taire les cris des passants, ils ont abattu tous ceux qui étaient dans leur ligne de mire. La mère de Nadir revenait de l'épicerie avec sa petite sœur qui courait devant elle : elle a crié pour que Lamia se couche et elle a pris, en pleine poitrine, les dards mortels balancés par les Kalachnikovs des barbares. Nadir les avait vus arriver dans la rue : leurs bagnoles de mort lancées à toute allure soulevaient des bouquets de poussière. Ils avaient déboulé dans le quartier sans crier gare, sortis soudain de l'enfer. Quelques minutes avant, Nadir avait demandé à sa mère de passer chez son pote Mohamed, qui habitait en face. Les coups de feu ont été suivis d'un immense silence : les sauvages ont poursuivi leur route sans se préoccuper de la mort qu'ils semaient autour d'eux. C'est le père de Mohamed qui a couru le premier au milieu de la rue pour récupérer la petite Lamia qui regardait le corps sans vie de sa mère avec des yeux crucifiés. Elle avait échappé aux balles et c'était un miracle. Le père de Mohamed l'a serrée dans ses bras pour effacer le désespoir. En entrant dans la pièce où Nadir tremblait, il a dit : « Il faut prévenir ton père, Nadir. Ces fous vont massacrer tous les chrétiens. Qu'Allah le tout puissant vous vienne en aide ! Qu'Allah vous protège ! »

Karine Latour avait ouvert le livre au hasard. Elle ne connaissait pas l'auteure, seulement la collection où elle était publiée. La couverture l'avait attirée. Rouge comme un coup de poing avec des personnages stylisés paraissant voler dans un ciel sanglant. Et le titre intrigant, jouant sur les mots : *Rien, Nadir*. Pourquoi était-elle tombée sur la scène de la mort de la mère ? Poignante de douleur et de vérité. Nadir et sa petite sœur sauvés par un papa musulman, remis à leur père déchiré, inconsolable et pourtant obligé de vivre pour arracher ses enfants à l'horreur. Karine Latour avait lu trois pages, debout, scotchée par la description vive de l'auteure. Elle ferait lire ce roman à ses élèves de troisième. Aucun doute là-dessus. Maryline, la jolie libraire amie, l'a rejointe. « Le livre que tu feuillettes m'a bouleversée. Comment l'ombre peut-elle ainsi gagner sur la lumière ? » Karine n'a plus hésité : si

Maryline appréciait le roman, elle avait une raison de plus de l'acheter. C'est ainsi que Nadir est entré chez elle et que, pendant trois longues heures émues, elle l'a accompagné sur les chemins de la déchirure et de l'exil.

Nadir et les siens vivaient en paix depuis des générations. En bonne entente avec leurs voisins musulmans. Solidaires et ouverts à ces différences qui enrichissent. Malgré son dictateur, la Syrie connaissait un certain équilibre. Il suffisait de se soumettre au régime et de se plier à ses diktats pour vivre en paix. Chacun savait que le pays était truffé d'espions toujours prêts à rapporter des paroles trop libres à ceux qui maintenaient le peuple sous leur férule. Sa mère, grande lectrice des auteurs du siècle des Lumières (elle adorait particulièrement l'œuvre de Diderot), avait plusieurs fois expliqué à Nadir que, si l'on ne peut pas en profiter, il faut cultiver la liberté d'expression dans sa tête. Elle ajoutait que Diderot n'avait pas pu publier toutes ses œuvres de son vivant et que la révolution doit attendre le moment opportun avant de se déclencher. « Si tu veux tout trop rapidement, les lions du pouvoir se hérissent et attaquent. La liberté, il faut l'apprivoiser car, si tu n'es pas prêt à la recevoir, elle peut te faire drôlement mal. » Nadir songeait souvent à cette phrase de sa mère. Tant de personnes ne supportent pas la liberté de l'autre : les trois skinheads en étaient la preuve. Nadir les évitait et eux n'avaient eu de cesse de l'insulter, de le provoquer : le chef n'aurait pas dû le toucher. Depuis que sa mère était morte sous les balles des monstres de Daech, il n'avait plus peur de rien.

Karine Latour tourne la page et dépose le roman sur sa table de salon. Elle ferme les yeux, elle passe les doigts dans ses courts cheveux châtain clair. Elle est émue. Il existe tant de Nadir sur la Terre et elle voudrait tellement qu'ils ne soient pas dépendants du mal, soumis à la barbarie, blessés par la vie. Chaque être humain est un coquelicot fragile qui mérite attention et amour et c'est ainsi qu'elle considère ses élèves. Ce n'est pas toujours facile : Jean-Vincent et Philippe sont ses deux cas de conscience, cette année. Sans cesse à rejeter ce qui ne leur ressemble pas et à proférer des jugements rapides et peu nuancés. Comment recevront-ils pareil roman ? L'histoire d'un Syrien (« Qu'ils restent chez eux ! Leur guerre n'est pas la nôtre. ») victime de gamins qui leur ressemblent tant (« On n'a pas le droit de penser ce qu'on veut,

Madame ? On ne vit pas dans un pays libre ? La démocratie, elle est pour les Arabes, pas pour les Français ? »). Le texte ouvrira le débat, permettra d'échanger des arguments : n'est-ce pas le but d'un cours de français ? Chaque fois qu'elle ajoute un ouvrage sur sa liste de lectures, elle est confrontée aux mêmes questions. Elle sait qu'un titre ne peut pas plaire à tous. Elle passe en revue les élèves du groupe, tente de savoir celles et ceux qui laisseraient tomber ce livre-ci après en avoir lu quelques pages. Elle songe à Justine qui n'est visiblement arrivée au bout d'aucun roman proposé depuis le début de l'année. Elle devrait se retrouver dans certains aspects de l'histoire de Nadir. Dans la violence de son parcours. Pour l'avoir lu dans son dossier scolaire, Karine Latour sait que Justine ne connaît pas que des moments rose bonbon. Un père violent et une mère dépressive. « Chaque élève est un coquelicot fragile qu'il faudrait emballer dans un flocon de neige. » songe Karine en créant, à force de le lire, des métaphores aussi douces que celles de son cher Christian Bobin.

Trois petites pièces sombres au fond d'une rue en pente au-dessus de la gare. Quand on vient d'ailleurs, on ne peut pas espérer loger dans un cinq étoiles. Même les jours où il pleut (Un délice ! En Syrie, il espérait ces moments-là !), Nadir rentre chez lui en traînant la patte. Il n'aime pas se retrouver entre ces murs gris et humides où son père, qui sent la cigarette, fournit mille efforts inutiles pour que Lamia et lui ne perçoivent pas son désespoir. Monsieur le professeur de lettres est devenu un assisté social. Il ne supporte pas la situation qui l'a conduit à ce nouvel état qui le rend malade. Zohra lui manque atrocement. Elle apportait du soleil dans chacune de ses journées. Il s'en veut de n'avoir pas été là quand les barbares l'ont abattue. « Pour te faire tuer aussi ? Pour que nous n'ayons plus aucun parent ? » a demandé Nadir. Son fils a raison : la France était le rêve de sa femme, mais, sans lui, ils n'y seraient pas arrivés. Un voyage périlleux du chacun pour soi et de la mort pour tous. Daech les a jetés sur les routes les plus dangereuses de la planète. La mort était partout : dans son pays martyr, sur le chemin vers la France et, ici, à Mulhouse, où il ne trouve rien pour nourrir l'espoir.

« Pourquoi l'auteure a-t-elle choisi Mulhouse pour cadre à son histoire ? » se demande Karine Latour. Quelques recherches sur Internet lui font découvrir que l'écrivaine est Syrienne et qu'aujourd'hui, elle vit à Paris. L'élément est intéressant : il permettra encore plus à ses élèves de s'identifier aux personnages et de dénicher des repères au fil des mésaventures de Nadir. Le jeune Syrien vit dans une ville proche de la leur, une ville où certains de leurs parents habitent. L'histoire en deviendra plus prégnante et il sera intéressant d'établir des liens entre la fiction et la réalité. Elle imagine sa préparation de cours et les diverses compétences qu'elle pourra entraîner en leur proposant ce titre. Elle s'en veut : elle voudrait tant être une passeuse de livres pour développer avec bonheur leur capacité d'émerveillement, pas seulement se muer en fonctionnaire qui respecte les prescrits de l'Inspection académique. Cet utilitarisme jargonnant tue le rêve et cantonne les lecteurs dans des tâches sans âme. Les livres sont là pour émerveiller, pas pour devenir le prétexte à des cours de dissection qui tuent la poésie à coups de bistouri.

Karine Latour parlera lundi de *Rien, Nadir* à Émeline, la pétillante documentaliste. Elle sait qu'il suffira de quelques mots pour la convaincre de s'en procurer une dizaine d'exemplaires. Rien de ce qui est humain ne lui est étranger et ce roman, c'est assuré, l'ébranlera. La machine est lancée ! Il a suffi de quelques heures pour modifier ses projets de l'année. Le visage de Justine lui vient à l'esprit : elle imagine la jeune adolescente rebelle, couchée sur son lit, les yeux rivés sur les lignes, désireuse de poursuivre sa lecture et d'arriver enfin au bout de son premier livre de l'année. Elle sourit : c'est ce qui fait la beauté du métier de professeur, n'est-ce pas ? On peut toujours projeter ses élèves plus loin qu'ils ne désirent aller !

Appliquée, Lamia achève ses devoirs sur la table de la cuisine. Elle tire la langue en écrivant dans un grand cahier blanc. Nadir sourit. Il adore sa petite sœur qui semble être passée à travers le malheur comme une lampe allumée. Pourtant, elle a assisté au pire : à l'assassinat de sa mère par des monstres hilares et sûrs de leur fait ! Où a-t-elle caché cette souffrance ? Lamia avait six ans à l'époque, lui en avait treize. Est-ce cela qui fait la différence ? Ou l'étreinte du père de Mohamed qui, par l'amour offert au cœur même de l'enfer, a nettoyé les ombres amères de celui-ci ? Assis en face d'elle, une tasse de thé fumant devant lui, leur père observe Lamia avec lassitude. Lui qui souriait si souvent ! Lui qui citait les grands auteurs avec bonheur ! Lui qui n'avait de cesse de rappeler à ses enfants l'espérance que Jésus lançait dans leur existence, en un éternel présent d'amour comme une source vive. Aujourd'hui, Nadir a le sentiment que, pour son père, Dieu est mort, même s'il n'a jamais fait la moindre allusion au sujet. À Nadir qui l'a interrogé pour savoir ce que Dieu faisait dans un cas comme celui de l'assassinat de sa mère, son père a répondu, sur un ton désabusé : « J'imagine que, parfois aussi, Dieu pleure. » « Mais s'Il est tout puissant, a poursuivi Nadir, pourquoi n'empêche-t-Il pas de telles horreurs ? » Son père a haussé les épaules sans répondre et Nadir en a conclu que le dieu des musulmans était parfois plus puissant que celui des chrétiens. Et vice-versa, sans doute. Puis, il a songé aux bandes de Daech et il s'est dit que ce n'étaient pas des musulmans qui avaient commis de tels actes, c'étaient simplement des sauvages privés de tout Dieu. Fallait-il en conclure que Dieu ne peut rien contre les barbares qui se revendiquent de Lui ? Les chrétiens, les musulmans et les juifs n'ont-ils pas, chacun, dans leur histoire des exemples terribles qui en attestent ? Nadir a songé qu'il valait peut-être mieux ne plus croire en rien, ressembler à ces Français, qui, même imprégnés par le christianisme, affirment que seule compte leur liberté d'expression et celle de penser ce qu'ils veulent ! Il a songé à sa mère : elle s'affirmait plus proche du grand horloger de Voltaire que de l'Église. Les institutions finissent toujours par enfermer, par étouffer et, quand on respire mal, on ne supporte pas ceux qui sont libres. Son père et sa mère se disputaient sur le sujet : lui est très croyant et il n'aimait pas les libertés que sa femme prenait avec l'Évangile. Nadir assistait à leurs conversations sans comprendre tout ce qu'ils racontaient. Aujourd'hui, les mots reviennent et il y voit plus clair. Mais les déclarations de sa mère sont désormais teintées de sang.

Karine songe à une phrase de Sylvain Tesson, un écrivain qu'elle apprécie pour sa vision nourricière de la vie : « Les livres sont des rivières aurifères. La lecture est le tamis qui permet de remonter les pépites. » Il en est ainsi pour cette terrible histoire. Chaque adolescent y pêchera de quoi se désaltérer et réfléchir. Les phrases de l'auteure vivent. Dans *Rien, Nadir*, il y a beaucoup de mots à cueillir comme des framboises mûres !

Le lecteur

J'aime quand madame Latour nous parle de ses dernières trouvailles en matière de lecture. Lundi, lorsqu'elle est arrivée dans la classe, j'ai tout de suite su qu'elle avait lu un bon bouquin durant le week-end. Ses petits yeux bruns pétillaient et son visage poupon annonçait un sourire. Elle n'a pas la même tête les jours où elle nous a préparé un contrôle de lecture ! Après nous avoir invités à nous asseoir, elle nous a dit « Devinez quoi… » et, bingo, elle a sorti un bouquin de son sac. Je m'installe souvent à la première rangée : la couverture rouge sang m'a tout de suite sauté aux yeux et le titre *Rien, Nadir* m'a interpellé. Qu'est-ce qu'elle avait donc déniché ?

Elle a parlé du livre avec un enthousiasme non feint. Des lutins dansent dans sa voix quand elle est heureuse. J'ai rarement eu une prof comme elle : on dirait parfois qu'elle vit sur son petit nuage, dans un jardin privatif, méditatif, transcendant, déconnecté de l'obscur, de la misère et de la violence.

J'apprécie : madame Latour nous offre un regard apaisant sur la réalité et cela me fait du bien. Elle a parlé de Nadir, de cet ado syrien qui, après avoir dû fuir son pays, s'est retrouvé à Mulhouse et a dû apprendre à vivre avec des gens comme nous. Elle a cité l'épisode de sa mère abattue en pleine rue par les terroristes de Daech. Elle tenait le livre en l'air comme un drapeau qui nous annoncerait la découverte d'une terre nouvelle. Son enthousiasme faisait plaisir : elle a même réussi à faire germer une question dans le cerveau vide de Brice : « Ce livre, c'est une histoire vraie, M'dame ? Le mec, c'est quel collège du coin qu'il fréquente ? Jean Macé, Saint-Exupéry, Gambetta ? » Nous avons tous ri, mais c'était quand même la première fois depuis septembre que Brice participait au cours.

Nadir savait qu'il les reverrait le lendemain. Les trois K : Kevin, Karol et Klaus. Sûr qu'ils voudraient se venger ! Klaus devait encore avoir mal aux couilles. Ils étaient lâches et ils le prendraient par surprise. Lorsqu'il serait seul et qu'ils seraient certains d'avoir le dessus. Si son pote Mohamed pouvait être là ! Le malheureux était resté piégé en Syrie avec sa famille. Ça faisait des mois qu'il n'avait plus donné de nouvelles. Nadir était inquiet. Parce qu'ils sont musulmans, les parents de Mohamed croyaient qu'ils ne risquaient rien, mais les criminels de Daech ne font pas dans le détail : ou tu es avec eux ou tu es contre eux. Et être avec eux signifie accepter les massacres qu'ils commettent et leur donner tes enfants pour qu'ils servent de chair à canon. Et si Mohamed avait été enrôlé de force dans leurs troupes ? En les emmenant en France, leur père les a sauvés du pire. Comparé à ce qui se passe dans son pays, il ne risque rien ici : être amoché par trois voyous qui devront ensuite rendre des comptes à la justice ? Au pire, ils le harcèleront, l'insulteront… et reculeront s'ils croient eux-mêmes se mettre en danger. « Les trois K » qu'ils disent, comme s'ils étaient une succursale du Ku Klux Klan : tous les bronzés de France n'ont qu'à bien se tenir ! Des bouffons !

Ils sont là, plaqués contre le mur de la cour de récré, collés l'un à l'autre, avec un air vainqueur et un sourire narquois. Le KKK dans toute sa puissance imbécile. Enfilez vos cagoules, crétins, elles vous donnent l'air plus malin ! Nadir songe à la réflexion d'Emma à leur propos : « Heureusement qu'ils sont trois… S'ils n'étaient que deux, ça ferait le

KK ! » Elle a fait rire toute la classe et les trois activistes n'ont rien trouvé de mieux que de lui adresser un doigt d'honneur après l'avoir traitée de « Pute ». Du grand style. Le summum de l'argumentation au second degré ! En songeant à cette anecdote, Nadir passe devant eux en souriant. Il entend siffler un « Pédé » et un « Terroriste » dans son dos. La classe ! C'est sans doute parce qu'ils sont cons qu'ils ne se rendent pas compte qu'ils sont cons... Comme le serpent qui se mord la queue. Il ne réagit pas. Ça leur donnerait envie d'en rajouter.

Lorsque madame Latour a eu fini de parler du livre, son enthousiasme avait fait des petits. Elle a même évité les questions-bateaux : « Combien de pages ? Il faut le lire pour quand ? » Chacun avait envie de découvrir les mésaventures de ce Nadir, mais il n'y avait que dix exemplaires du roman au CDI. J'ai décidé d'aller l'acheter chez Maryline, la jolie libraire du centre-ville. Je pourrai ainsi y consacrer ma soirée et faire mon rapport de lecture demain à madame Latour. Ça fera rire les autres : Tristan, la grosse tête, aura encore frappé ! Et je devine déjà que, tout en sachant que je suis incorruptible, l'une ou l'autre fille me fera les yeux doux pour obtenir mon analyse. Les livres sont faits pour être lus, pas pour qu'on en négocie le résumé !

La lecture, c'est une passion depuis ma petite enfance. Mon père est historien de l'art et la maison est remplie de bouquins. J'y baigne donc depuis toujours. Je feuillette et je m'envole. Les écrivains ont le don de nous faire vivre plusieurs vies. Qui est ce Nadir ? Quel sera son destin en France ? Qu'a-t-il ressenti lorsqu'il a appris la mort de sa mère ? Et pourquoi avoir inventé Lamia, cette lumineuse petite sœur ? L'auteure a-t-elle songé à elle, à ses proches ? À celle qu'elle aurait aimé être ? Justine affirme que je me pose trop de questions, que la vie doit être envisagée dans sa simplicité. C'est une fille super intelligente, mais nous n'avons pas la même approche du réel. « Je suis plus concrète que toi, Tristan ! Cesse de rêver à un monde idéal ! » Nous tombons rarement d'accord, mais je l'apprécie beaucoup, car elle est une des rares de la classe à avoir des arguments. Pourtant, ce n'est pas une grande lectrice. Elle se ramasse toujours des notes catastrophiques aux contrôles de lecture… tout simplement parce qu'elle ne lit pas les bouquins jusqu'au bout. Ses arguments, elle les tient d'une expérience et d'une intelligence de la vie que je n'ai pas. Elle m'étonne. Je comprends difficilement qu'on puisse être intelligent sans être un grand lecteur.

C'est en Syrie que Nadir a compris qu'il valait mieux ne pas provoquer les gens aux idées courtes. Ceux qui veulent te tuer lorsque tu n'es pas d'accord avec eux et qui n'ont aucune idée de ce que sont la tolérance et la démocratie. L'enfer s'est abattu sur la ville après que Daech y a pris ses quartiers. Nadir et les siens ne pouvaient en croire leurs yeux. Ces monstres n'étaient plus reliés à leur humanité. Ils posaient des actes atroces qui défiaient l'imagination, sans plus aucun respect pour les personnes et pour les biens. Dans ces cas-là, on comprend vite qu'on ne peut plus réfléchir de la même manière : soit on est d'accord avec eux, soit on se tait et on espère qu'ils n'interpréteront ni un mot, ni un regard, ni un geste comme une agression qui leur donnera une raison de tuer. Mais, même ainsi, pour des chrétiens, il n'était pas possible d'échapper à une mort souvent atroce. Grâce à la famille de Mohamed qui a récupéré son corps juste après le passage des démons, leur père a pu enterrer leur mère dignement. Sans cérémonie, ce n'était déjà plus possible, mais avec une prière douce et un adieu ému. Même ce moment de recueillement a dû se faire vite : ils pouvaient surgir n'importe où, n'importe quand et, s'ils surprenaient un enterrement chrétien, c'était le massacre assuré. Après avoir organisé leur départ, en pleurant, les parents de Mohamed ont embrassé Nadir, son père et sa sœur avant de les dissimuler dans un camion qui partait pour la Turquie. La peur était présente à chaque tour de roue et il fallait lui échapper.

Sans cesse, malgré le nombre de mois qu'il a passés en France, les images de l'horreur reviennent et l'émotion qui les accompagne. La sensation d'étouffer derrière les palettes dans le camion et l'attention qu'il fallait porter à Lamia pour qu'elle ne pleure pas. Nadir a pris sa petite sœur en charge quand il a saisi que son père était hors-jeu. Celui-ci fixait les cloisons du véhicule avec un regard vide, ne répondait ni aux plaintes de sa petite fille, ni aux questions murmurées de son fils. Nadir a compris que son père avait besoin de se réfugier dans le passé pour échapper à l'horreur du présent. Ce fut sa manière de survivre, avec le rêve de sa Zohra chérie, même si cela le coupait de ses enfants.

Aujourd'hui, encore, quand il allume une cigarette et qu'il fume en fixant le mur, Nadir sait que son père rejoint sa mère, là-bas, quelque part dans ce qui fut une belle ville, dans une maison où, durant des années, à côté de leurs voisins et amis musulmans, ils ont vécu heureux.

Maryline a exposé le livre dans la vitrine et une pile d'une vingtaine d'exemplaires figure en bonne place sur la table consacrée à la littérature pour adolescents. Je suis un habitué de la librairie. Je fais même partie du comité de lecture mis en place par la jolie libraire. Elle sourit quand elle me voit saisir le roman. « Il est prévu au prochain comité de lecture », précise-t-elle. « Je l'ai découvert il y a cinq jours. Un beau livre, tu verras ! » J'aime passer ici autant pour la libraire que pour les lectures qu'elle propose. Il émane d'elle une grâce à laquelle aucun adolescent ne peut demeurer insensible. Ses cheveux noirs qui glissent sur ses épaules bronzées et ses yeux comme des photophores dans la nuit en font fantasmer plus d'un, surtout ceux, comme moi, dont les lectures nourrissent des rêves de femme idéale. Là, soudainement, l'adolescent aux beaux arguments se sent fragile, timide et maladroit. Ce n'est que lorsque je peux parler de mes lectures que je me sens bien. « Je vous fais confiance. Madame Latour est aussi folle de ce roman. » Je paie le livre et file en espérant que Maryline n'a pas remarqué que mon regard avait un peu trop longuement accroché le décolleté de sa robe rouge.

Chez moi, je retrouve mon calme et le mur de mots qui me protège de ma sensibilité. Je me préfère lorsque je contrôle mes émotions. Je m'étonne qu'une femme aussi vieille que la libraire (elle doit au moins avoir trente-cinq ans !) puisse me troubler autant. Il faudra que j'en parle avec Justine : elle a toujours réponse à tout quand il s'agit de la vie. Je secoue la tête, cale des coussins contre le mur, m'installe confortablement sur le lit et commence ma lecture. Première question : pourquoi l'auteure a-t-elle titré son roman *Rien, Nadir* ? Deuxième question : pourquoi l'écrivaine, d'origine syrienne et de foi musulmane d'après les informations que j'ai pêchées sur Internet, a-t-elle choisi un héros chrétien ? La quatrième de couverture parle d'ouverture à l'autre et de liberté d'expression. Des mots de l'éditeur pour faire vendre le roman ou une réelle intention de l'auteure ? Je pense à Justine et je souris : elle me répète sans cesse que je devrais moins intellectualiser ce que je vis. Elle n'a pas tort : je n'ai pas encore entamé ma lecture que je me pose déjà mille questions. Je tourne la page de garde et je frémis.

« Nous, on est racistes et on va exploser ta gueule d'Arabe ! » Comme incipit de roman, il y a mieux. L'auteure joue la provoc dès le départ. Un bouquin qui démarre comme un coup de poing. Le style de Justine. J'analyse chaque mot : « exploser ta gueule d'Arabe », ça signifie quoi exactement ? J'en conclus que l'auteure manque de précision et la suite me paraît du même tonneau. Pourquoi les livres doivent-ils parler comme les ados ? La littérature mérite mieux que cela et doit permettre d'accéder à des paliers plus élevés de la connaissance. Je sais que l'opinion est de mon père, mais comme celle-ci me plaît, je me l'approprie. Après deux pages, j'ai le sentiment que l'auteure a écrit son livre dans un caniveau pour se mettre au niveau (ah, ah, je me sens fin !) des jeunes qui la lisent. Je m'énerve : tous les adolescents n'ont pas un Bac - 5 en lecture ! Il en existe (comme moi !) qui ont de franches compétences. « Merde alors ! Elle nous prend pour qui, cette auteure ? » Je me demande ce que la libraire et la prof trouvent à ce roman pour le conseiller avec un tel enthousiasme. Comme mon père le précise avec humour, il ne faut pas acheter la peau de l'ours avant de l'avoir fait tuer. Dans la famille, on coupe les cheveux en quatre avec un certain bonheur, surtout mon père : ça lui donne le sentiment d'en avoir plus. Ah, ah, ah ! Je décide de poursuivre ma lecture avant d'arrêter une opinion définitive sur ce roman interpellant.

Nadir n'a pas réagi aux premières insultes. Il s'est même laissé plaquer contre le mur par Klaus qui se sentait le boss et qui n'avait aucun doute sur sa suprématie. Cette chiffe molle d'Arabe devait voir à qui il avait affaire ! C'est au moment où il l'a traité de « Fils de pute ! » que Nadir lui a tordu les couilles. Klaus aurait tout pu dire, sauf cela. Personne ne salira jamais la mémoire de sa mère martyre. Il pourrait tuer pour cela. Il le sait et il en a peur. Depuis qu'elle est morte, un grand vide s'est creusé en lui, une espèce de trou noir qui l'absorbe parfois : il glisse, il glisse, il perd tout contact avec le réel, il n'est plus nulle part et plus personne. Cela dure quelques secondes, mais, suffisamment pour qu'il sente qu'alors, il ne maîtrise plus rien, qu'il n'est plus un homme. Comme ces monstres de Daech qui ont définitivement glissé dans le trou noir de l'abjection.

Le roman est facile à lire. J'avance vite. Je dois avouer que l'auteure a le don pour créer une atmosphère qui prend à la gorge. On la sent proche de ses personnages et surtout de son héros. Elle réussit à créer une empathie chez son lecteur. Mais son style est bien trop peu littéraire à mon goût. Elle s'abaisse à notre niveau (enfin, à celui de mes copains de classe, lol) pour se faire entendre. J'attends d'un livre qu'il m'élève, qu'il m'apprenne à parler mieux et qu'il ne soit pas un pâle reflet du réel. Comme le dirait encore mon père : « La littérature, Tristan, est une enluminure ! Elle a pour vocation de nous apprendre à contempler la vie en beau ! » Chère Auteure, montez donc votre phrasé d'un cran ! Je vous en saurai gré.

Le père

Cela n'arrive jamais ! Le père de Justine ne porte aucun intérêt à ses études et ce n'est pas lui qui signe son bulletin. Sa mère s'occupe de tout. Pourquoi, Justine, a-t-elle laissé traîner le roman sur la table du salon ? La couverture rouge sang l'a attiré. Il l'a ouvert. Il n'aurait pas dû. « Ce sont des merdes pareilles que votre prof de français vous fait lire ? » La phrase cinglante l'a accueillie au retour de son heure de zumba. Elle avait chaud et mal aux muscles des cuisses. Il tenait le livre du bout des doigts comme s'il s'était agi d'un caca dont il fallait se débarrasser au plus vite. Il a ensuite demandé pourquoi le collège faisait la promotion d'auteurs arabes qui avaient le langage des voyous qui vivaient dans les immeubles près du bureau de poste. Il allait dire à la prof ce qu'il en pensait ! Pas question qu'il mette de l'argent dans des bouquins pareils.

Justine a beau eu lui répondre qu'elle avait emprunté le roman au CDI et que ça ne lésait donc pas l'état de sa fortune, il n'a rien voulu entendre. Il s'est réfugié derrière les phrases du livre qui l'avaient choqué. Justine a ri : « Toi, choqué parce que tu découvres le mot «Pute» dans un bouquin alors que tu ne cesses d'en parsemer ton discours ? » C'est à cet instant que la mère est sortie de la cuisine et que, d'une petite voix brisée, elle leur a demandé de se calmer. « Pour un livre quand même… » « Mais tu n'as pas lu ces saloperies ! » a rétorqué le gros lard. Il avait les joues rouges et son nez virait au violet. Justine était persuadée qu'il se montrait aussi nerveux parce qu'il avait trop forcé sur les bouteilles qui font que les hommes savent pourquoi ils boivent. Elle s'en voulait : elle n'aurait pas dû laisser traîner son roman. Depuis quelque temps, tout prétexte lui était bon pour se mettre en colère contre elle. Il supportait visiblement très mal que sa fille devienne une femme.

Nadir n'a jamais été violent. Jusqu'au jour de la mort de sa mère. Ce soir-là, il s'est blessé le poing contre le mur de sa chambre. La douleur l'a ramené à la réalité. Il avait soif de vengeance : s'il tenait devant lui un de ces monstres… Il lui a fallu des heures pour se calmer, pour affronter intérieurement le poids de l'indicible et de l'absence. Une question le taraudait jusqu'à le rendre malade : comment le Christ peut-il nous inviter à aimer nos ennemis ? Malgré les libertés qu'elle prenait avec l'Église, souvent, sa mère lui avait répété cette phrase en ajoutant que le summum de l'amour était le pardon. S'il avait été abattu à sa place, aurait-elle pardonné leur geste à ces chiens sales ? Ne les aurait-elle pas maudits, eux et leur descendance, pendant plusieurs générations ? La haine détruit. Nadir sentait la douleur de son poing irradier jusque dans son bras. Il avait été idiot de frapper ainsi le mur : la violence augmente le mal et ne répare jamais rien.

On ne sort pas indemne d'une guerre qui ravage son pays. Même si l'on veut tout faire pour l'éviter. Il avait fallu deux semaines pour que le père de Mohamed trouve un moyen pour les faire sortir de Syrie. Daech avait pris le contrôle de la région et de la ville. Ceux qui étaient attrapés en train de fuir étaient exécutés. La cruauté imprégnait les traits des barbus hirsutes, souvent très jeunes, qui patrouillaient dans les rues comme s'ils étaient les maîtres du monde. Passer d'un trottoir à l'autre était devenu dangereux. La terreur régnait et la peur rendait les visages fripés et gris. On avançait en baissant les yeux pour être sûr de ne pas se faire remarquer : s'ils estimaient un regard insolent, ils tiraient. Ou pire. Ils emmenaient celui qui ne leur plaisait pas et on retrouvait le malheureux crucifié sur un coin de rue, le lendemain. « Aimez vos ennemis comme vous-même ! » dit Jésus. Lorsqu'il songeait à l'injonction divine, Nadir en avait la nausée.

Le père revient à la charge pendant le repas. Il a vidé quelques nouvelles cannettes et il se prend pour Jupiler, dieu de la bière, du tonnerre et de la foudre. De son Olympe éthylique, il profère des vérités essentielles. La mère se protège en se réfugiant dans ses petits souliers et Justine sait que le meilleur moyen de le faire taire est de ne pas lui répondre. Monsieur aime s'entendre parler, sans doute parce que ça lui permet de croire qu'il n'est pas con. La nuance et la délicatesse ne sont évidemment pas au rendez-vous. La pauvre madame Latour en prend pour son grade : « Pourquoi n'impose-t-elle pas plutôt les grands auteurs que des écrivains qui n'ont pas encore fait leurs preuves et qui écrivent comme des clenches ? » Il ajoute qu'elle pervertit la jeunesse en permettant à des adolescentes comme sa fille de lire pareils livres ! Justine achève sa pizza quatre fromages sans broncher et, quand il se rend compte que son repas refroidit, il réduit le débit. C'est pire : il parle la bouche pleine et il projette des morceaux de pizza sur la table.

Justine nettoie son assiette avec un bout de pain et redresse la tête. Elle bouillonne. Elle a envie de hurler, mais elle sait qu'avec lui, elle n'aura pas gain de cause. Elle respire profondément et réussit à le fixer sans proférer un seul mot, avec un sourire dont elle a le secret, un de ceux qu'elle sert aux profs qui l'énervent. « Tu te fous de ma gueule, c'est ça ? » Et calmement, elle répond : « Non, Papa, je me demandais juste si tu avais lu le roman jusqu'à la fin avant d'en avoir une opinion aussi raffinée. » Sa mère ne peut retenir un petit sourire que l'autre remarque et qui le met en boule. « Parce que les deux pétasses se liguent contre moi ! Elle va voir à qui elle a affaire, ta prof. Je vais écrire au Principal du collège. » Justine ne cherche même pas à établir de lien entre les deux idées. Qu'est-ce que madame Latour a à voir avec le fait que sa mère et elle ne soient pas d'accord avec lui ? Il mélange tout comme d'habitude. « Parce que les hommes savent pourquoi ! » lance-t-il encore en ouvrant une nouvelle cannette de bière.

Elle a franchement envie de rire. Ce mec n'est pas possible. Que pourra-t-il bien écrire au Principal ? Encore faudrait-il qu'il soit capable d'arriver au terme de sa lettre ? Pour une fois qu'un livre lui plaît, c'est la galère. Il aurait dit quoi des scènes de cul qui se trouvent dans les romans de Zola ? Dans *Rien, Nadir*, outre quelques mots de tous les jours dans les dialogues et quelques descriptions horribles des exactions commises par les membres de Daech, il n'y a franchement rien de choquant. La violence à laquelle le héros est confronté, la connerie des trois K, c'est la vie… Quel extrait a pu mettre son père dans cet état ? Comme s'il l'avait entendue penser, il crie « Les couilles ! Tu trouves normal qu'on torde les couilles des mecs ? Cette femme a un problème avec les hommes ? Une Arabe en plus. De quel droit elle écrit cela ? » Évidemment ! Il ne supporte pas qu'on touche à son patrimoine masculin. Justine n'en peut plus de cette avalanche de mots puants et de ces amalgames. Cette fois, elle ne peut pas conserver sa zen attitude. Elle se lève vivement, donne un coup du plat de la main sur la table et lance :

« L'auteure est un être humain comme toi et moi et je t'emmerde pour elle, vieux raciste ! Pour une fois qu'un livre me plaît ! Tu détruis vraiment tout ! » Elle file dans sa chambre sans attendre la tempête en retour.

Heureusement, dans la classe, il n'y a pas que Klaus, Kevin et Karol. Nadir s'est aussi fait des amis, même s'ils n'ont pas été nombreux à le côtoyer au début. Il comprenait : ne venait-il pas d'un pays où de jeunes Français partent faire le djihad, n'était-il pas proche de ces fous qui postent sur Internet des vidéos insoutenables et qui commettent au quotidien des actes de barbarie ? Les gens ont tendance à créer des amalgames et, en Occident, le mot syrien se confond avec chaos et tueries. C'est grâce à la prof de français que Nadir a pu éclaircir la situation, expliquer que, s'il avait rejoint Mulhouse, c'était justement pour échapper à la guerre et à l'horreur. Il n'a pas eu le courage de parler de sa mère. La seule pensée de sa mort le faisait encore trembler. Il a dit : « Vous savez, nous cherchons tous la paix et ce qui arrive dans mon pays pourrait se passer ici si chacun de nous n'apprend pas à accepter l'autre dans ses différences. Pour créer une guerre, il faut cinq minutes. Pour reconstruire la paix, il faut cinq ans. »

Au fond de la classe, Klaus a ricané et la prof lui a adressé une remarque cinglante. « Quoi, Madame ? Je n'ai pas le droit de donner mon opinion aussi ? La démocratie ne nous permet-elle pas de dire tout ce qu'on pense ? » Nadir s'est demandé si sa prof avait eu une bonne idée de lui proposer de parler de sa situation aux autres.

C'est durant la récré qui a suivi cette heure de cours que les KKK l'ont charrié. Jusque-là, ils s'étaient contentés de quelques sourires moqueurs et de quelques remarques cuisantes quand il commettait des erreurs de syntaxe. Eux pointaient les fautes alors que la plupart des autres élèves admiraient sa connaissance de la langue française. Sarah lui avait même demandé s'il suivait les cours dans un lycée français en Syrie. Il avait souri : « Non, c'est ma mère qui m'a appris. » C'est la seule fois qu'il avait réussi à parler d'elle.

Ce qui ne plaisait pas à Klaus et à ses deux clones, c'était que la prof lui accorde plus d'attention qu'à eux. « Tu viens nous envahir, le sire rien ? » Klaus était fier de son jeu de mots à deux balles. Et il avait ajouté : « Ici, il faudrait que tu cires bien mes pompes. » Nadir n'avait pas réagi. Et l'autre en avait rajouté une couche : « Ici, faut pas prier Allah, il faut crier Alsace ! » C'était franchement trop nul. Des provocations de bas étage. Nadir s'était éloigné en sachant qu'il ne se débarrasserait pas aussi facilement de ces trois poux.

Le lendemain, au collège, Justine décide de parler à madame Latour. Elle ne voudrait pas que sa prof ait des soucis à cause de son père. Car, le matin, malgré la trêve offerte par la nuit, celui-ci était encore remonté. Il a refusé de lui restituer l'exemplaire de son roman et a annoncé qu'il irait trouver le Principal plutôt que de lui écrire. La honte ! Elle l'imagine, vitupérant devant monsieur Tissaut, sérieux comme une montre suisse. « Et je conserve ton bouquin pour lui lire des extraits de ton roman de merde ! » La totale ! Voilà que le supporter de la cannette de bière allait se mettre à déclamer Ronsard ! Justine espère que le Principal remettra poliment son père à sa place, mais elle craint qu'ensuite, il ne se retourne contre madame Latour pour obtenir des explications et pour, peut-être, lui conseiller de donner à lire aux élèves des livres plus consensuels.

Justine veut en avoir le cœur net. Elle va trouver Tristan, l'intello de la classe, et lui demande s'il a déjà lu le roman. L'autre, les yeux brillants, avec un sourire que ceux qui ne le connaissent pas pourraient estimer moqueur, répond un grand « Évidemment ! » comme s'il coulait de source qu'on ait lu, après deux jours, le bouquin conseillé par la prof. « Et tu en penses quoi ? » Tristan s'étonne qu'elle l'ait fini, elle aussi. Il sait que, d'habitude, Justine ne lit pas les romans imposés en classe. « Mais ce texte-ci, il accroche, il a du peps. Ce ne sont pas des mots pour ne rien dire. » Tristan opine de la tête et précise que l'opinion de Justine l'intéresse vraiment et qu'elle lui permet de mieux cerner sa propre argumentation. Justine soupire. S'il pouvait parfois cesser de parler comme un dictionnaire, il passerait mieux la rampe. Dans la classe, plusieurs élèves s'étonnent de leur amitié : Tristan est souvent en porte à faux avec les autres et son intelligence l'oblige, certains jours, à vivre seul sur son île. Justine rétorque qu'elle l'apprécie parce que lui au moins a une opinion et du caractère.

Elle lui raconte la scène que lui a servie son père. Il éclate de rire : « Et il te fait tout un foin alors qu'il n'a même pas lu le roman jusqu'au bout ! » Tristan ne peut pas comprendre pareille réaction. Il rassure Justine.

Le Principal est un homme intelligent et cultivé (« D'ailleurs, il fréquente mon père ! ») qui ne se laissera pas impressionner par le coup de gueule d'un barjot. Il s'interrompt, rougit, s'excuse, mais Justine rit : « Tu ne dois pas avoir peur des mots justes. Mon père est un con. » Tristan reconnaît cependant que lui aussi a trouvé que le roman est écrit dans un style peu soutenu et que le sujet abordé est réellement explosif. « Toute la question est là, conclut-il. La fiction doit-elle être le reflet exact de la réalité ou doit-elle aider à la sublimer ? » Justine lui répond qu'un livre qui sonne vrai a, pour elle, plus de poids qu'une série de phrases éthérées, même si elles sont bien écrites.

La documentaliste

Madame Faret est interloquée. Elle n'aurait jamais imaginé cela. Lorsqu'elle a rejoint le CDI tout à l'heure, le Principal l'a interpellée pour lui demander quel était donc ce roman qui faisait tant de vagues : le père de Nawal Ben Liou et celui de Justine Servet, élèves de 3e F, l'attendaient devant la porte du secrétariat, ce matin. Le premier voulait lui parler « d'homme à homme » pour lui signifier que le choix de lecture de ses professeurs féminins laissait à désirer et qu'il refusait que sa fille lise des textes qui n'étaient pas de son âge. Le deuxième, secouant le roman comme un feuillet annonçant l'Apocalypse, avait précisé sans nuance que cette « histoire de couilles » n'était pas à mettre dans les mains d'une jeune fille de quinze ans.

Le Principal les avait poliment congédiés en leur promettant de s'informer et en leur disant que, puisqu'il n'avait lui-même pas lu l'ouvrage, il ne pouvait guère leur donner de précisions pour l'instant.

Émeline Faret est une femme posée, intelligente et sensible. Depuis qu'elle travaille au CDI, ce n'est pas la première fois qu'elle reçoit des retours négatifs de parents qui ont intercepté des livres empruntés au collège. Quelques remarques en général sans conséquences. Un dialogue posé avec les parents suffit à faire passer l'orage. Souvent, ils jugent un livre sur un mot, sur une idée sortie de son contexte et elle n'a pas trop de difficultés à leur faire admettre qu'ils ont monté un drame à partir de rien. Un jour, elle a eu plus de fil à retordre avec un père très catholique qui ne supportait pas un livre où l'on parlait de l'avortement. L'homme a campé sur ses positions et a interdit à sa fille de lire le roman : Émeline Faret a ainsi appris que certains parents filtraient les lectures de leurs enfants. Il y a des intégristes partout. Le professeur s'est évidemment arrangé pour que son élève ne soit pas sanctionnée à cause de la bêtise de son père. Il a appris plus tard qu'elle avait lu l'exemplaire de sa meilleure amie pendant les pauses de midi et les récréations, bravant ainsi l'interdiction paternelle.

Jusqu'à l'arrivée de Daech dans la ville, Nadir et les siens ont connu un certain confort et une paix de l'âme, malgré la chape de plomb que la dictature faisait peser sur le pays. Une fois la porte de la maison fermée, on pouvait parler de tout. Certains soirs, leur mère leur lisait des extraits des philosophes des Lumières. Trop petite pour comprendre, Lamia l'interrompait. Alors, sa mère la prenait sur ses genoux et reprenait les idées de Voltaire et de Rousseau avec des mots simples, toujours fleuris. Elle était une conteuse extraordinaire et Nadir a conservé de ces « soirées philo », comme elle les appelait, un souvenir palpitant. La vie et l'amour circulaient entre eux et personne, même les pires tyrans, ne pourrait leur enlever cela. Avant Daech, malgré Bachar, ils croyaient en leur vie comme si elle était posée dans la main de l'éternité et ils pensaient que ce que les Français avaient pu vivre en 1789, les Syriens pourraient le connaître un jour.

La nuit où, grâce au père de Mohamed, ils ont embarqué dans le camion qui devait les conduire en Turquie, leurs rêves se sont déchirés. Blotti dans l'ombre, entre les odeurs de sueur, d'urine et de peur rassemblées, Nadir songeait aux contes de sa mère, à ces phrases qui décrivaient un idéal démocratique et populaire que son pays ne pourrait pas vivre avant, semblait-il, les siècles des siècles.

Bachar al-Assad et Daech avaient tué l'espoir. Ceux qui voulaient encore croire en la liberté devaient fuir le pays où ils étaient nés et laisser les leurs aux mains de tortionnaires et de barbares. Nadir ne comprenait plus rien : si les idéaux de liberté, de solidarité et de justice avaient autant d'importance que sa mère l'affirmait, pourquoi les pays du monde ne venaient-ils pas en aide à sa patrie martyre ? « Nous sommes abandonnés de tous et nous devons fuir la terre où nous cultivions le bonheur » avait sangloté un homme, assis, le visage dans les mains, à quelques mètres de lui.

Émeline Faret comprend mal ce qui a pu ainsi choquer le père de Nawal et celui de Justine. Elle connaît peu le premier. Le deuxième, en revanche, a déjà fait parler de lui et elle devine que, si Justine se révèle parfois turbulente, c'est sans doute parce qu'elle ne connaît pas une vie familiale où elle se sent respectée. Certains parents ne facilitent pas le quotidien de leurs enfants qui viennent parfois se confier à elle, Émeline la documentaliste. Elle occupe au collège une position privilégiée : elle n'est ni un professeur comme les autres (ceux-là sont présents pour te dégommer !), ni un psychologue (ceux-là sont là pour vérifier si tu n'es pas fou !) : la fréquentation (ou non) du CDI n'est sanctionnée par aucune note au bulletin et elle n'établit aucun rapport sur celles et ceux qui le fréquentent. Et les élèves savent qu'Émeline Faret demeure discrète et qu'elle ne va pas clamer sur tous les toits ce qu'ils lui racontent sur leur vie en classe ou à la maison.

« Madame, vous ne pouvez pas savoir combien mon père me gonfle ! » Elle n'a pas oublié la phrase de Justine. C'était il y a deux mois. Elle a reçu la bouffée de colère sans faire de commentaire. Justine a poursuivi : « Il a des idées sur tout, il veut diriger mon existence, mais il ne montre aucun intérêt pour ma personne et pour mes études. À la maison, c'est ma mère qui gère tout, mais c'est lui qui donne les ordres. Grave, grave ! J'en ai marre ! » Elles étaient seules au CDI. Émeline Faret a deviné que Justine avait choisi son moment pour lui parler. Elle l'a écoutée pendant plus de vingt minutes. Son père ne la battait pas, mais sa violence verbale permanente était une façon de la rabaisser. Et de lui apprendre que ce n'est qu'en criant qu'on obtient des résultats. Justine est fine. Émeline Faret a été estomaquée quand l'adolescente a conclu : « Merci de m'avoir écoutée, Madame. Je devais lâcher un peu de pression pour éviter de le faire au cours. Mon vieux a beau grogner sans cesse, je sais que ce n'est pas cela, la vraie vie. La vraie vie, c'est l'amour. »

« Aime tes ennemis comme toi-même ! » Le message de Jésus avait tant fait rêver Nadir quand il était petit. Mohamed riait lorsqu'il citait le Christ. « Tu sais que l'amour est aussi la clé de l'Islam, rétorquait-il. Vous, les chrétiens, vous n'avez pas le monopole de la lumière. » Cela posait question à Nadir : pourquoi existe-t-il plusieurs religions si toutes les religions affirment la même chose ? Qu'on ait donc le même dieu pour tous, cela créera moins de conflits et on cessera de se tuer pour montrer que son dieu a raison plutôt que celui du voisin ! Sa mère trouvait toujours des réponses apaisantes à ses questions d'enfant curieux. C'est elle qui lui a appris l'importance des différences et le respect dû à la culture de l'autre et à sa religion. Elle n'aurait pas dû mourir, victime de ces fous. Depuis ce jour, Nadir a le sentiment que l'ombre a vaincu la lumière.

Klaus et ses clones ne sont-ils pas la preuve de cela ? Les obscurs semblent conquérir le pouvoir partout sur la planète. Dans la classe, les trois K tiennent le haut du crachoir lorsque les profs ne les remettent pas en place. Les modérés préfèrent les ignorer pour s'éviter tout souci et leur laissent ainsi le champ libre. « Il faut toujours ouvrir sa gueule pour affirmer qu'on aime la vie quand d'autres veulent l'étouffer ! » Mohamed l'affirmait haut et fort et il n'avait pas peur d'affronter ceux qui voulaient le faire taire. Comment vit-il la mise en coma prolongé de son pays et de sa religion ? Nadir prie souvent pour son ami musulman. S'il a gardé son caractère de feu, les barbares ont dû le faire taire ! Il voudrait tant recevoir des nouvelles de lui, mais, depuis leur arrivée en France, plus rien n'a filtré de là-bas : un peu comme s'il était désormais plongé dans une autre dimension de l'espace-temps.

Où qu'on se déplace sur la Terre, il semble que les mêmes situations se reproduisent. Nadir imaginait que la France ne connaissait ni la haine ni le rejet de l'autre. « La patrie des droits de l'homme ! » clamait sa mère avec un sourire. Elle était venue y étudier, avait passé plus de trois ans dans le Paris des années Mitterrand. La ville foisonnante et sa culture sans cesse en mouvement l'avaient fascinée. C'est là qu'elle avait rencontré son père, comme elle, étudiant en lettres modernes. « Il était plus simple et plus facile de nous fréquenter à Paris qu'en Syrie, mais nous avons voulu, d'un commun accord, retourner vivre dans notre pays pour y semer des graines de liberté. » Tout semblait si facile pour elle ! Même mourir a été simple : une rafale de Kalachnikov l'a étendue au milieu de la rue avant qu'elle pût s'inquiéter du problème. Qu'avait-elle besoin de sortir ce jour-là ? Les fous de Daech étaient annoncés et les plus peureux s'étaient enfermés à double tour. Elle avait dit au père de Mohamed où elle venait de déposer Nadir : « La liberté ne doit pas baisser les yeux face à la barbarie. » Mohamed avait applaudi, avait dit à Nadir qu'il devait être super fier d'avoir une mère comme elle. Ni les uns ni les autres n'imaginaient l'inimaginable : devant la violence aveugle, la liberté doit prendre le maquis pour exister encore.

Il faut qu'elle parle de la remarque du Principal à Karine Latour. Pourquoi ces parents n'ont-ils pas eu la décence de contacter l'enseignante avant de s'adresser à la direction ? Cela démontre leur petit esprit et leur lâcheté. On préfère affronter le réel par personne interposée. Au fur et à mesure que le temps passe, Émeline Faret sent la colère l'envahir. Elle a feuilleté le roman pendant l'heure précédente à la recherche de descriptions litigieuses : on n'y trouve pas de quoi fouetter un chat ! Ces deux pères songent-ils un seul instant à ce que leurs enfants voient sur Internet ? Quelques descriptions rudes et quelques mots choisis ont-ils plus de poids que les photos ou les vidéos pornographiques et terroristes postées par dizaines ? Elle se propose d'animer un débat autour du sujet avec les troisièmes. Il faudra éviter de stigmatiser Nawal et Justine : les autres doivent déjà savoir que les deux pères ont réagi. C'est le genre d'info qui fait le tour des classes en quelques minutes.

Elle retrouve Karine Latour dans la salle des professeurs. Visiblement, la rumeur court déjà. Karine est entourée par trois collègues qui assurent la soutenir de tout leur poids. Émeline Faret sourit : quand on met un enseignant en cause, la meute se rassemble. Cependant, elle sait que ce n'est qu'une façade : elle imagine déjà d'autres remarques, plus pernicieuses. Si Karine Latour ne prescrivait que des classiques et des « livres sûrs », elle ne connaîtrait pas ce genre d'ennuis. La littérature de jeunesse ne fait pas que des émules et certains collègues de Lettres évitent systématiquement les propositions de lecture d'Émeline. Parler de l'actualité et des préoccupations des adolescents, ce n'est pas littéraire ! Sans compter que cela ouvre à des discussions sans fin et à des débats stériles. Ceux-là n'ont pas encore compris que l'enseignement est un échange avant d'être une entreprise d'autosatisfaction où l'on étale son savoir.

Karine Latour est la douceur incarnée. Elle écoute chacun de ses collègues jusqu'au bout. Quand elle remarque que son amie Émeline désire lui parler, elle se libère avec gentillesse. « Oui, oui, dit-elle, Nawal et Justine sont venues me trouver. Elles sont drôlement gênées par l'attitude de leur père. J'ai même dû rassurer la première : elle craignait que je lui en veuille ! » Émeline Faret lance l'idée du débat. Le roman n'aborde-t-il pas la thématique de la liberté d'expression et l'attitude de ces deux pères n'est-elle pas une atteinte à la liberté de l'auteure ? Ne peut-on pas aborder n'importe quel sujet dans un roman et le faire avec le style qui semble le plus adéquat ? Karine soupire et dit qu'elle a le sentiment d'une régression : Jean-Vincent et ses copains lui ont demandé pourquoi elle faisait lire des livres pour bougnoules ? « Devant Faruk, Ahmed, Amina, Selin, Nawal et Vlad, tu imagines ! » Elle a dû gérer l'adrénaline de Justine qui a insulté Jean-Vincent de con national et l'a invité à réfléchir plutôt que de mariner dans sa sauce Le Pen. « Tu parles d'une ambiance ! Je n'imaginais pas le sujet aussi sensible. »

Klaus et les deux autres imbéciles ont décidé de changer de tactique. Puisqu'à l'école, Nadir semblait intouchable et qu'il avait même des supporters dans la classe, ils ont décidé de lui pourrir la vie en dehors. Oserait-il encore le même geste ? Cette fois, ils se montreraient plus coriaces et se feraient aider par ces amis. Kevin a ricané : la proposition de Klaus lui plaisait. Karol, le Polonais, a été plus dur à convaincre. Il a même proposé une trêve : ce mec ne les embêtait pas, pourquoi lui chercher noise ? « Son existence me gêne et cela devrait te suffire ! » a rétorqué Klaus. « Et si tes couilles se souvenaient de lui aussi bien que les miennes, tu lui en voudrais aussi ! »

Sur le chemin du retour, Nadir sent tout de suite le danger. Depuis sa fuite de Syrie, il a appris à en reconnaître l'odeur. Il sait que quelque chose cloche sans pour autant pouvoir préciser de quoi il s'agit. Il ralentit le pas, tend l'oreille, tourne discrètement les yeux derrière lui. Il repère un mouvement dans l'air, une tache jaune vif qui se glisse dans une encoignure de porte. « Les enfoirés ! » grogne-t-il. Il a reconnu le tee-shirt de Karol. Sa crainte se transforme en colère. Et étonnamment, c'est à sa mère qu'il en veut : elle l'a tant persuadé que la France était un pays de cocagne. Rempli de cons qui te suivent dans la rue pour te régler ton compte, oui ! L'avertissement n'a donc pas suffi : ils en redemandent. Cette fois, cependant, il n'est pas certain de s'en tirer aussi facilement. L'obscurité qui est tombée rend leur tâche plus facile. En Syrie, il était le meilleur à la course à pied. Il faut qu'il les éloigne de chez lui : pas question qu'ils repèrent l'existence de Lamia !

La classe

Émeline Faret a disposé les chaises en demi-cercle. Elle attend plus de trente-cinq personnes au CDI : la classe de 3e F, Karine Latour, quelques collègues éducateurs et le Principal. Il a accepté l'invitation avec un sourire. « Je vous reconnais bien là, Émeline. Vous voulez me prouver que ce roman est un bon choix et qu'il permet d'animer l'esprit de démocratie dans l'école. » Elle espère que la présence du chef d'établissement ne canalisera pas la parole, mais elle a confiance : il sait se montrer discret. Il a d'ailleurs précisé qu'il n'arriverait pas tout de suite pour que les élèves se sentent à l'aise pour débuter le débat. Elle a souri. Monsieur Tissaut sait qu'il refroidit l'atmosphère quand il apparaît dans une salle de classe.

Elle a voulu les élèves acteurs du débat et elle a demandé à des volontaires d'animer celui-ci. Justine et Tristan se sont proposés. Elle apprécie leur complémentarité : Justine parlera du roman avec une émotion intelligente et Tristan le décortiquera de façon plus analytique. Tristan a exprimé ses réticences à l'égard du texte, trop simple, trop peu littéraire à son goût. Émeline Faret sait qu'il nuancera sa pensée et permettra ainsi aux autres – ceux qui, peut-être, n'ont pas encore lu le livre jusqu'au bout – de mieux percevoir l'intérêt d'aborder le sujet. Comme d'habitude, le petit groupe autour de Jean-Vincent s'est montré récalcitrant : Émeline Faret ne désespère pas de les sensibiliser à l'ouverture à l'autre et au partage des différences. Elle sait que ce n'est pas gagné. Jean-Vincent, Philippe et Ludo ont ronchonné quand elle a annoncé le débat : « Que ces Arabes restent chez eux ! Tout ce blabla n'aurait plus de raison d'être. »

Klaus a la rancune tenace et, cette fois, il a bien préparé son coup. Nadir a beau courir vite et les essouffler, il ne sait pas qu'il se dirige droit dans la gueule du loup. Klaus a proposé un deal aux frères Kobloth, deux jumeaux de seconde au lycée voisin : un coup de main en échange de cannabis. Des crânes tondus comme les membres du KKK, circulant à mobylette dans le quartier. Un texto rapide et ils arrivent sur les lieux. Klaus, Karol et Kevin lèvent le pied dès qu'ils les rejoignent. Il suffit qu'ils dépassent Nadir et le coincent quelques mètres plus loin. Contre une mobylette, Nadir ne peut rien, surtout dans une rue en pente. Certains coins de Mulhouse annoncent déjà le Ballon d'Alsace ! Les frères Kobloth sont des bêtes fauves. Ils aiment la castagne et ils ont plusieurs fois eu maille à partir avec la police. Quand Nadir aperçoit les deux crânes rasés qui l'attendent au carrefour, il sait qu'il est cuit.

Lorsqu'il a appris la mort de sa mère, il n'a pas compris pourquoi elle n'avait pas fui dès qu'elle avait aperçu la poussière soulevée par les véhicules des fous furieux. Comment cela avait-il pu se dérouler aussi vite ? Pourquoi n'avait-elle pas saisi Lamia pour l'emmener à l'abri du magasin d'où elles venaient de sortir ? Il a posé la question à sa petite sœur : « Nous n'avons pas eu le temps, Nadir. J'étais quelques mètres devant elle. Nous avons entendu un moteur qui rugissait derrière le coin et ils étaient là, avec leurs armes et leurs rires affreux. » Deux 4X4 lancés à toute allure. Les échappés du peloton qui est arrivé dans la ville deux heures plus tard. On savait qu'ils viendraient, mais, en surgissant ainsi, ils ont surpris tout le monde. Sa mère était justement allée chercher des provisions au cas où il serait nécessaire de se cloîtrer chez soi durant quelques jours. Un démocrate n'a pas la capacité de penser comme un terroriste et, dans l'exercice de l'horreur, ce dernier a toujours une longueur d'avance. Peu importait à cette avant-garde de mourir ! C'est ce qui fait la force de ces salauds : ils ne prennent soin ni de la vie des autres, ni de la leur. Son père lui a dit que les tueurs avaient été abattus quelques rues plus loin par les forces du régime : ils avaient fait trente-sept victimes avant de mourir. La terreur était mise en place. Quelques heures plus tard, c'étaient les soldats de Bachar al-Assad qui fuyaient la ville envahie par les djihadistes comme par un vol de sauterelles.

Les deux frères Kobloth lui bloquent le passage avec un sourire sardonique. Derrière lui, Nadir entend les insultes de Klaus. « Pour fuir, vous êtes très forts, les Arabes ! » À cinq contre un, il n'a aucune chance. Ce n'est plus le moment de vouloir éviter l'affrontement ou d'avoir peur. Il retrouve la sensation qui l'a envahie dans le camion au passage de la frontière turque. Ils étaient serrés les uns contre les autres dans l'obscurité la plus totale. Le passeur les avait prévenus : pas un mouvement, pas un mot. Ils ont entendu les voix des militaires, ont perçu des bruits qu'ils ne pouvaient pas identifier. Soudain, des cris et des coups de feu. Des cris encore. Ils étaient pris au piège. Lamia s'est mise à pleurer doucement dans le cou de Nadir. Il la serrait fort contre lui pour étouffer ses sanglots. Étrangement, il n'éprouvait rien, un peu comme s'il était au-delà de la peur. Les cinq visages patibulaires se rapprochent. Nadir sourit. Il remarque des points d'interrogation dans leurs yeux de varan. « Pour être lâches, vous êtes très forts, les Français ! » Sa phrase fait mouche. Ils reculent comme un seul homme. D'un petit pas. Nadir se dit que c'est toujours cela de gagné.

« Un roman, certes plaisant, mais qui manque d'ampleur littéraire » intervient Tristan. Marie-Sophie lui rétorque que la littérature, elle s'en fiche. Ce qu'elle recherche avant tout dans un livre, c'est l'émotion, la vie et, pour elle, *Rien, Nadir* rend très bien cela. « Les beaux mots, c'est bien pour les intellos comme toi ! Moi, quand il y a trop de beaux mots, ça m'éloigne de la lecture. Mieux vaut un bouquin qu'on lit jusqu'au bout qu'un livre qui nous tombe des mains. »

Émeline Faret est satisfaite. Le débat a du corps et ils sont plusieurs à avoir pris la parole.

Au début, Justine et Tristan ont un peu trop monopolisé le crachoir, mais Karine Latour a bien géré son groupe et a amené celles et ceux qui se taisent à donner leur avis. Même Jean-Vincent est intervenu : s'il n'y avait pas eu autant d'étrangers dans l'histoire, il aurait préféré, mais il reconnaissait que l'auteure réussissait à créer un beau suspense. Sa réflexion a évidemment amené des réactions. Faruk lui a répondu que des étrangers, il y en avait partout. Alors, pourquoi pas les mettre dans les livres ? Ça a fait rire le groupe et ça a détendu l'atmosphère. Jean-Vincent et ses potes ont souri. Aylin a ajouté que le problème ne se situait pas là : le souci du livre, c'était son niveau de langue. Elle avait été choquée par le trop grand nombre de gros mots.

C'est à ce moment du débat que le Principal fait son apparition. Il reste dans le fond de la salle, un peu en retrait du groupe. Seuls quelques élèves remarquent sa présence et ils ne s'en formalisent pas. Une dynamique est lancée. Philippe répond qu'il est d'accord avec Aylin. « Pour lui, *Rien, Nadir* est un sale livre. » Il y a un blanc dans l'assemblée. Son expression a heurté certains. « Un sale livre, c'est quoi ? » demande Justine.

Philippe lui explique que c'est un livre qui montre de mauvaises pensées et de mauvais agissements. « Un bon livre t'offre des valeurs morales et est écrit avec goût. Dans celui-ci, il y a de la baston, de la vulgarité et de l'horreur. » Très british, Tristan se tourne vers lui et lui cite un passage qui l'a particulièrement bouleversé. « Le passage à tabac de Nadir. C'est dégueulasse. Ça m'a donné envie de gerber. » Jean-Vincent lâche que, lui, c'est le passage qui l'a le plus amusé. Plusieurs élèves soupirent : il est franchement trop con.

« C'est vrai, murmure un des jumeaux Kobloth, nous sommes plus nombreux que toi. Merci de nous le faire remarquer. Promis, nous allons te péter la gueule chacun à notre tour. » Nadir a une vision d'espoir. Un contre un, même s'ils sont cinq, ce sera dur, mais il sait se battre. Il pourra peut-être en rétamer trois avant de se faire submerger. S'ils la jouent correctement, bien entendu. Quand les deux frères Kobloth sautent soudain sur lui et le saisissent par les bras, il comprend que les règles du jeu ne seront pas respectées. Ils le plaquent contre le mur et l'y maintiennent fermement. Contre ces deux molosses de seconde, il ne peut rien. « On est donc lâches ? » demande

Klaus, juste avant de lui envoyer son poing dans le plexus. Kevin choisit de le frapper sur le nez et Karol se contente d'une gifle sur la joue gauche. « Tu es bien mou, Karol. Ça ne t'amuse pas ? » demande Klaus avant d'ajouter : « Ça, c'était l'entrée, mon gars. Le plat principal va venir : je n'ai pas oublié que tu m'as ratiboisé les couilles. »

Est-ce parce qu'ils ont éclaté de rire que les deux Kobloth relâchent leur étreinte ? Bien qu'assommé de douleur, Nadir réagit tout de suite. Un coup de boule vers la gauche, un coup de talon sur un pied à sa droite et son poing libéré dans la tronche de cake de ce salaud de Klaus. Le tout en moins de trois secondes. Il bénit son ami Mohamed qui lui a appris à se battre. Il tente ensuite de filer vers l'avant, mais le jumeau de droite réussit à attraper son bras et à le retenir. Ces quelques secondes lui sont fatales. Nadir se laisse tomber sur le sol et s'y roule en boule. Les coups de pied des salauds commencent à pleuvoir. Il est déjà dans le vague quand il perçoit le bruit d'une sirène. Tout s'apaise soudain. Ensuite, il sent des bras qui le soulèvent doucement et il entend une voix : « Jeune homme, ça va, ça va ? Putain, ces voyous l'ont salement amoché. »

Nawal, qui a lu le livre malgré l'interdiction de son père, se demande pourquoi l'auteure a besoin de décrire toute cette violence. « Pour être un miroir du réel » lui répond Justine. « Pour que nous cessions de considérer la vie comme un bouton de rose ! » Selon elle, la littérature ment toujours et c'est pour cela qu'elle n'aime pas lire. Pour la première fois, *Rien, Nadir* correspond à ce qu'elle voit, à ce qu'elle ressent. « Il suffit de parcourir les faits-divers dans les journaux ! Ils sont drôlement plus choquants que ce que cette femme décrit dans son bouquin. » Tristan et plusieurs élèves ne sont pas d'accord avec elle. Selon eux, la littérature se doit de conserver une distance avec la réalité crue, comme si elle était une observatrice du réel qu'elle aurait pour mission d'embellir. Karine Latour leur demande s'ils estiment que la littérature doit se couper de la vie. Tristan lui répond qu'elle exagère. « La littérature est une icône de la vie. Elle doit la représenter en beau ! » C'est alors que le Principal intervient et les félicite pour la qualité de leur débat. Il leur demande si l'école n'a pas pour mission de leur présenter des faits de société dans toute leur crudité pour les amener à réfléchir sur ceux-ci. Tristan encore, qui ne se laisse pas intimider par monsieur Tissaut : « On fait du journalisme ou de la littérature ! Le roman de cette dame est intéressant, interpellant même, mais il n'est pas littéraire et c'est ce que je lui reproche. » Justine s'énerve : « Tristan, mieux vaut appeler une couille, une couille ! Tu voudrais qu'elle parle d'une bourse de semences de vie ou un truc du genre ? Ce serait ridicule ! » Les autres rient et le Principal sourit.

Quand la sonnerie qui annonce la fin du cours retentit, les élèves constatent qu'ils n'ont pas trouvé de consensus. Chacun campe sur ses positions, même si les idées ont gagné en nuances. Le groupe quitte le CDI en poursuivant le débat. Émeline Faret les regarde s'éloigner. Elle songe à l'expression de Philippe : « un sale livre ». Les mots la choquent. Et ce garçon a pour mère une prof de lettres du lycée ! Est-ce qu'un roman peut être jugé ainsi parce qu'il contient quelques scènes violentes et quelques termes populaires que chacun utilise dans la vie de tous les jours ? Pour elle, un « sale livre » est un ouvrage qui propage des idées extrémistes ou racistes. *Rien, Nadir* n'a rien à voir avec cette littérature nauséabonde à laquelle sont abonnés des auteurs souvent provocateurs à qui il faudrait clouer le bec.

Elle s'inquiète aussi de constater que des adolescents ont des jugements aussi tranchés et qu'ils rejettent sans nuance ce qui leur déplaît. Décidément, elle n'imaginait pas que ce roman soulèverait autant de vagues. Elle se demande si le Principal a trouvé, dans le débat, des arguments pour répondre de façon constructive aux deux pères révoltés.

Nadir n'a repris conscience qu'en arrivant à l'hôpital. Trois côtes brisées, le visage tuméfié, le poignet foulé. Si la police n'avait pas été prévenue par un voisin qui avait assisté à la scène de chez lui, il ne s'en serait pas tiré aussi bien. Les frères Kobloth ont fui dès qu'ils ont entendu la sirène, Klaus et Kevin les ont suivis. Seul Karol n'a pu faire un geste et les flics l'ont cueilli sur place, tétanisé, abasourdi devant le corps mutilé de son camarade de classe. Il s'est laissé arrêter sans résister. Il se demandait comment et pourquoi ils avaient pu aller aussi loin.

Le Principal

Monsieur Tissaut est sorti décontenancé du débat. Il fixe un rendez-vous à Karine Latour pour discuter de ce roman avec elle, mais, avant tout, il veut le lire pour se créer sa propre opinion. Les échanges d'arguments entre Justine et Tristan l'ont particulièrement intéressé : il est scientifique et il ne se préoccupe que très peu d'art et de littérature. Les livres ont-ils pour mission d'embellir la vie ou de la restituer telle quelle ? C'est le type de question qu'il ne se pose pas et il est heureux que ses élèves lui permettent d'y réfléchir. En revanche, comme la documentaliste, il a été choqué par les propos de Philippe. Un « sale livre ». L'expression comminatoire lui a tourné dans l'esprit pendant de longues heures. Il a songé aux attentats de *Charlie Hebdo* : Philippe qualifierait-il l'hebdomadaire de « sale journal » et justifierait-il ensuite l'assassinat horrible de ses créateurs ? Voudrait-il interdire à des écrivains d'écrire, à des dessinateurs de réaliser des caricatures, à des citoyens de simplement donner leur avis ?

Lorsqu'on divise le monde entre les bons et les méchants, on alimente le terreau des dictatures. Il soupire : la question prend des proportions qui le dépassent. Il sera heureux d'en discuter avec l'enseignante et il tentera de placer chacun devant ses responsabilités : c'est son boulot de chef d'établissement.

Pour conserver son âme, la société doit vivre dans un esprit de partage. Celui qui rejette divise. Et les divisions conduisent toujours au chaos. Ce qui se passe en Syrie, en Palestine, en Irak n'est-il pas un terrible exemple de cela ? Monsieur Tissaut a longuement discuté avec Faruk lorsque celui-ci s'est inscrit au collège en janvier. Il voulait mieux comprendre ce qu'éprouve un réfugié et quels étaient les meilleurs moyens de correctement l'intégrer dans son nouvel univers. Il admire cet adolescent taiseux qui a vécu l'horreur de la guerre et qui a perdu plusieurs des siens dans la tourmente. Il voudrait savoir ce qu'il pense du roman proposé par Karine Latour. L'adolescent n'est pas intervenu dans le débat au CDI et aucun élève de la classe ne lui a demandé son avis. Faruk semble se tenir à l'écart du groupe. Monsieur Tissaut se promet de demander un rapport sur sa participation aux professeurs.

La police ne fait pas dans le détail. Il faut moins d'une heure pour que les trois KKK se retrouvent au commissariat. Pour les jumeaux Kobloth, il faudra attendre jusqu'au soir : leur mobylette les a menés à l'extérieur de Mulhouse. Ils se font pêcher à Riedisheim. Bien entendu, ils disent avoir été agressés par Nadir. Provoqués, insultés, attaqués. Klaus précise même que « le Syrien » lui a tordu les couilles. Les flics sourient. « À cinq contre un, ce fut effectivement une belle agression. » précise l'inspecteur Rivière. Les cinq pourris s'emmêlent les pinceaux. « On était cinq parce que les Arabes, ils traînent toujours en bandes. On voulait pouvoir se défendre, quoi ! » Les Kobloth n'en mènent pas large : ils sont déjà fichés pour plusieurs faits de violence. « Vous avez la chance de ne pas être majeurs, les gars ! L'année prochaine, vous faites la même chose et vous vous retrouvez au trou. » La remarque de l'inspecteur énerve Klaus qui s'étonne, sur un ton amer, que la police française défende plutôt les immigrés que les citoyens de souche. « La police défend les victimes de crapules dans ton genre, mon bonhomme ! Et crois bien qu'outre tes parents, nous préviendrons la direction de ton collège. »

À l'hôpital, Nadir raconte à son père et à Lamia qu'il a été agressé par des skinheads. Il finit par préciser que trois d'entre eux sont dans sa classe. Le père se lamente : « Même les fous de Daech ne t'ont pas mis dans cet état ! » Nadir sourit et son visage lui fait mal. « S'ils m'avaient attrapé, je ne serais plus en état du tout, Papa. » Lamia veut connaître les détails de l'agression et elle semble avoir perdu une partie de sa douce insouciance. « Pourquoi ils t'ont fait cela ? Maman dit toujours que la France est un pays extraordinaire. » Lamia parle encore de sa mère comme si elle était vivante et, le temps passant, cela inquiète de plus en plus Nadir. D'habitude, il ne lui en fait pas la remarque, mais, cette fois, à cause du choc provoqué par ce qu'il a vécu, il dit : « Maman n'est plus là, elle est morte, Lamia ! » Le père détourne la tête pour dissimuler les larmes qui envahissent ses yeux. La petite sœur répond, un rien agressive : « Elle est vivante pour toujours dans mon cœur. Tu l'as déjà oubliée, toi ? »

Si elle savait ! Il n'arrête pas de songer à sa mère, mais il n'en parle pas parce qu'il sait combien son père va mal. Plus les mois passent, plus celui-ci semble vouloir s'identifier à Zohra, sa belle épouse et la faire vivre de toutes les manières possibles. Chaque occasion est bonne pour citer son nom, ce qu'elle a réalisé, ce qu'elle disait. Comme si le calme relatif revenu dans leur existence le conduisait à construire un présent avec les éléments du passé, quitte à faire mentir le réel. Il s'inquiète pour son père trop seul. Après l'assassinat de leur mère, il n'a vécu que pour les sauver des exactions des barbares de Daech. Maintenant, il revient à son désespoir et à ses démons. Au fond, l'agression dont Nadir vient d'être victime a du bon : elle oblige son père à affronter la réalité. Vivre sans cesse enfoui dans le rêve de sa femme perdue ne peut le conduire à rien de net. Lamia se rend-elle compte de cela ? Des dérives dont leur père pourrait être la victime. Ils n'ont que lui pour faire face à l'univers des adultes. Lamia sait-elle que, chaque fois qu'elle parle de sa mère comme d'une princesse de conte de fées, elle alimente la fuite de son père vers un passé irrémédiablement révolu ? Nadir voudrait lui en parler, mais il a peur qu'elle interprète mal ce qu'il lui dira, il craint de la faire souffrir : elle semble se porter si bien. Peut-être parce qu'elle n'a pas encore intégré que leur mère est morte…

Le Principal écoute Karine Latour avec attention. Elle parle du roman avec un enthousiasme non feint, mais il la sent sur la défensive. C'est la première fois que des parents « portent plainte » à propos d'un choix de livre qu'elle a fait. Elle est blessée et ne s'en cache pas. Il devine qu'elle craint qu'il prenne parti pour les deux pères amateurs d'autodafé. Ce serait mal le connaître ! Son rôle est d'écouter chacun et de faire ensuite la part des choses. Il n'a pas hésité très longtemps, sans doute à cause du profil des deux plaignants. Le père de Nawal enferme sa fille (et sa famille) dans des principes rigides auxquels le Principal ne peut souscrire. Quant au père de Justine Servet, il tire derrière lui de telles casseroles qu'il est peu crédible. Monsieur Tissaut se demande comment Justine tient le coup au quotidien avec un individu pareil. Il semble ne pas vouloir en louper une : menace à l'encontre du professeur de sciences en quatrième, engueulade musclée de sa fille à la sortie de l'école, il y a deux ans, prise de bec avec le père de Nawal (tiens donc !) sur le trottoir en face du collège… Sans compter les convocations de professeurs auxquelles il ne répond pas et les réunions des parents où il est chaque fois absent. Il prend conscience de l'existence de sa fille lors de certains moments de crise. Les autres fois, il envoie sa petite femme terne et discrète au front. Que subit-elle à la maison pour avoir l'air aussi triste ?

Le débat auquel il a assisté, les arguments de son professeur et le livre qu'il a lu l'ont convaincu : *Rien, Nadir* est un texte d'utilité publique qui crée un remue-méninges. L'expression est de lui et, lorsqu'il l'a sortie, Karine Latour a ri : « Ce n'est pas parce que je suis un ancien professeur de mathématiques que je ne joue pas avec les mots ! » a-t-il déclaré avec un sourire en coin. Il croit important de bousculer les adolescents qui se satisfont trop vite d'opinions faciles et, même s'il peut comprendre Tristan qui estime le roman trop peu littéraire à son goût, il a senti que ce texte a convaincu des élèves réticents à la lecture et cela, ce n'est pas rien ! Cependant, il sait qu'il prend des risques. Il suffirait que quelques parents se liguent et contactent la presse pour lui en faire voir des vertes et des pas mûres. Pédagogues en chambre, politiques malades de réformes, parents énervés... Aujourd'hui, tant d'incompétents peuvent prendre l'école en otage et mépriser ouvertement le travail réalisé par les professeurs qui la font vivre ! Sans compter que tout et n'importe quoi se divulgue sur la Toile : en bon scientifique, monsieur Tissaut est allé vérifier ce qui se racontait sur le roman. Un premier livre d'une auteure d'origine syrienne dont, étrangement, il n'a trouvé aucune photo. Peut-être doit-elle se protéger de certains intégristes après avoir écrit un ouvrage aussi fort ? En tout cas, il a lu de nombreux commentaires élogieux de la part de la presse et des internautes. Il a noté avec précision les arguments qu'il utiliserait pour apaiser les deux pères sans espérer les convaincre pour autant. Mais, dans son collège, ce sont encore ses professeurs et lui qui font régner la loi.

Nadir songe qu'il faudra les revoir : Klaus, Kevin et Karol sont dans sa classe et ils doivent déjà se préparer à rire quand il reviendra couvert d'hématomes et la lèvre éclatée au collège. Il ne peut pas concevoir qu'ils puissent être punis pour ce qu'ils lui ont fait. Ils ont été les plus forts, c'est tout. La prochaine fois, il prendra de quoi se défendre. Dans le garage, en dessous de chez lui, il a repéré des barres de fer. Il peut facilement en glisser une dans son sac et, s'ils le cherchent encore, ils verront à qui ils ont affaire ! Il ne sait pas que la police les a arrêtés. Il ne l'imagine même pas. En Syrie, règne la loi du plus fort et la justice n'existe plus depuis longtemps. Et la France peut-elle être considérée comme une démocratie quand on y accueille les réfugiés à coups de poing et à coups de pied ? L'agression qu'il a subie est la cerise sur le gâteau de l'indifférence. Depuis son arrivée dans le pays, il fait tout pour demeurer discret, voire transparent, mais, pour certains, cela ne suffit pas. Le simple fait d'être étranger le rend déjà trop voyant.

Quelques heures plus tard, il doit revoir toutes ses certitudes. La porte de sa chambre s'ouvre sur deux inconnus. « Inspecteur Rivière » se présente le plus grand. L'autre ne prononce pas un mot et s'adosse contre le battant de la porte. Nadir sent la sueur glisser dans son dos et il retrouve la peur qui l'animait lorsqu'il croisait des officiers de police en Syrie. Lorsqu'ils vous rendaient visite, c'était très mauvais signe. Nombreux sont ceux qui disparaissaient après une rencontre avec des membres des forces du régime. Pour toujours. Il attend en silence que le flic parle et il est étonné quand celui-ci lui demande, sur un ton doux, comment il se sent. « Ils sont gentils au début et, ensuite, ils frappent ! » se dit-il. Nadir a oublié qu'il séjournait dans un hôpital. L'homme le prie de relater les faits. Derrière, son clone prend des notes. L'inspecteur Rivière veut savoir pourquoi les skinheads l'ont agressé aussi violemment. Nadir parle de leur première altercation, celle où il a eu le dessus. « Quand vous avez tordu les testicules de Klaus ? » demande le policier en souriant. Nadir comprend enfin que celui-ci est de son côté, qu'il s'agit d'une simple vérification. Que va-t-il arriver à Klaus et aux autres ? L'inspecteur lui explique qu'ils risquent un renvoi du collège. Il veut connaître précisément les faits pour savoir si l'un des cinq peut être disculpé. « Karol n'a pas voulu prendre part au règlement de comptes. C'est Klaus, Kevin et les deux grands qui l'y ont forcé. »

L'après-midi, alors qu'il raconte une nouvelle fois les événements à son père effondré, il est surpris par la visite du Principal. L'homme tient à s'excuser, auprès de son père et de lui, du comportement des trois élèves. Il promet qu'il ne leur fera aucun cadeau et qu'il a convoqué un conseil de discipline pour le lendemain. Ce sont des faits graves : Klaus, Kevin et Karol ne sont plus dignes de fréquenter le collège. Nadir prend la défense de Karol. « Il s'est laissé entraîner, Monsieur. Je ne lui en veux pas. » Le Principal fait la grimace. Il veut un exemple. « N'as-tu pas connu assez de malheurs dans ton pays pour vivre cela ici ? C'est inadmissible. » Le père de Nadir intervient et prend la défense des agresseurs : « Je n'excuse en rien leur geste, mais je tente de trouver la force de leur pardonner. Ils sont prisonniers d'idées boiteuses et ne savent pas ce qu'ils font. » Nadir acquiesce : « J'ai été violent, ils l'ont été à leur tour. Match nul, Monsieur ! » Le Principal sort, pensif, de l'hôpital : il a l'impression d'avoir pris une émouvante leçon de vie.

La différence fait toujours peur : ce roman en est une preuve. Monsieur Tissaut aime le collège multiculturel et multi-social qu'il a l'honneur de diriger. Il croit fermement que la rencontre des idées et des cultures construit une société plus riche, plus ouverte à la paix, mais il doit convenir que certains imbéciles ne lui facilitent pas la tâche. Au père de Justine Servet, il pourra répondre qu'il fallait lire le roman jusqu'au bout avant de le condamner et qu'il ne peut admettre une mise en cause aussi facile de son professeur. Avec celui de Nawal Ben Liou, ce sera plus difficile : visiblement, il fait une différence claire entre les « bons » et les « mauvais » livres. On se croirait revenu cent ans en arrière quand les libraires et les bibliothécaires (sans parler des écoles et des professeurs !) plaçaient certains auteurs à l'index. Il déteste devoir rappeler à certains parents les valeurs de la démocratie et d'une société ouverte : c'est les confronter à leurs contradictions et à leurs limites. Il sait que, pour le père de Nawal, le seul fait qu'une femme écrive, une Arabe de surcroît, est déjà sacrilège : comment, dès lors, le convaincre de la valeur d'un roman qu'il doit maudire en même temps que son auteure ? Comment Nawal s'en sortira-t-elle ? Il espère de tout cœur qu'elle ne se laissera pas enfermer dans ces principes étouffants.

La sœur

Quand les garçons parlent d'elle, ils déclarent qu'Amalia est une pétasse. S'ils lisaient le terme dans un livre, ils affirmeraient que son auteur n'a pas d'éducation. « Sans doute parce que les mots s'envolent et que les écrits restent » dit Jean-Vincent en riant. Il déteste sa sœur à qui tout réussit : elle est belle, elle obtient des résultats remarquables à l'école, elle reçoit les éloges des profs au lycée (elle suit les cours de première) et il est certain que ses parents la préfèrent à lui. Sans compter qu'elle ne lui ressemble en rien avec ses cheveux noirs et sa peau hâlée. On dirait une Méditerranéenne ! Alors que lui est blond de blond avec des yeux bleus en prime. Il tient de son père et elle de sa mère qui a des ancêtres italiens. « Trop bonne, ta sœur ! Tu dois la mater quand elle est à poil dans la salle de bains » a lâché son pote Ludo. C'est vrai qu'il a tenté l'expérience, mais sans succès. Elle glisse du papier cul dans le trou de la serrure ! Sûr qu'elle l'a repéré ! Si elle était blonde, il ne permettrait pas qu'on parle ainsi d'elle. Et si elle ne réussissait pas tout mieux que lui !

Amalia, par-ci, Amalia, par-là ! Avec son prénom de princesse, elle rafle tous les suffrages, mais, pas question pour Jean-Vincent de reconnaître qu'il est affreusement jaloux. Cela dure depuis l'enfance : sa mère, surtout, lui a servi sa grande sœur à toutes les sauces. Elle était un modèle qu'il devait suivre. Il est devenu difficile, rebelle, renfermé jusqu'au moment où il a rencontré Ludo. Son complice, son frère, son clone pour tous les mauvais coups. Les parents n'ont rien vu venir : la famille s'affirme bourgeoise et sans souci. Son père a de quoi voir venir, comme on dit. Il paie tout ce dont son fils a besoin, mais il n'a guère le temps de l'écouter et de lui offrir des moments creux où il fait si bon de ne rien faire et de rire. Tant que Jean-Vincent ramène des résultats satisfaisants de l'école, tout va bien. Les apparences sont sauves.

Rien, Nadir. Elle a ri lorsqu'elle a vu le titre. « Trop marrant ! Je te l'emprunte. Je le lis ce soir et tu pourras le continuer demain. » Elle n'a évidemment pas demandé si elle pouvait le prendre. Tout lui est dû. Alors, comme d'habitude, Jean-Vincent a frimé : « Lis-le et rédige-moi un résumé ! J'ai d'autres chats à fouetter. » « Combien tu paies ? » a-t-elle répondu en secouant sa longue chevelure noire de façon affolante. Elle portait une robe moulante vraiment trop top ! Si elle n'était pas sa sœur… Non, définitivement non ! Jean-Vincent déteste les brunes. Ludo ne jure que par les blondes aux gros seins : il trouve que ça fait plus Alsacien et il chante comme un con : « Ah, une blonde Alsachienne, c'est bon, c'est bon ! »

Quand il est arrivé ici, Nadir a été surpris par la liberté de parole et d'action des filles. En Syrie, même les chrétiennes se tiennent davantage à carreau. Dans sa classe, Emma et Anne-Laure l'ont tout de suite branché. Souriantes, simples et de vraies bombes qui feraient des dégâts dans les troupes de Daech ! Parce que, là-bas, Nadir l'a vu : sous couvert de l'Islam, ces monstres tuent et interdisent tout à tous, sans rien s'interdire pour autant. Ils traitent les femmes comme du bétail et les égorgent quand elles ne les satisfont pas. Ou les lapident. Nadir a été obligé d'assister à une de ces exécutions horribles. Les salauds avaient bloqué la rue et, à coups de crosse dans le dos et de hurlements, ils ont forcé les passants à se rassembler en cercle autour d'une jeune femme aux longs cheveux auburn, agenouillée, les bras entravés dans le dos. Elle devait avoir un courage terrible, car elle ne pleurait pas, elle ne criait pas, elle ne baissait pas les yeux : elle les fixait avec un regard déjà mort, mais qui les condamnait pour les siècles des siècles. Au cri d'un barbu hirsute, les premières pierres ont été lancées. Les salauds visaient pour faire souffrir, pour qu'elle ne meure pas aux premiers coups. Ils lui ont explosé les épaules, le dos, la poitrine, mais, chaque fois, malgré le sang, elle se redressait et les regardait. Ça les a mis en rage. Ils ont proféré des insultes et ils ont saisi de plus grosses pierres. Nadir aurait voulu fuir, il avait envie de vomir, mais il était tétanisé par l'horreur et il savait qu'il ne pouvait se faire remarquer sous aucun prétexte. Mohamed et lui se sont serrés très fort la main et il savait que son ami priait pour que la malheureuse meure le plus vite possible. Une plus grosse pierre lui a explosé l'arcade sourcilière gauche et le sang a coulé en abondance. Elle était sonnée : elle a enfin baissé la tête et cela a rendu les barbares fous de joie. Certains filmaient la scène avec leur téléphone portable en riant ! Quand elle s'est écroulée dans son sang, ils ont crié « Justice est faite ! Allah est grand ! » Nadir n'a pas pu se retenir : il s'est mis à vomir. À côté de lui, un djihadiste a ri : « Il faut être fort, mon frère !

Les infidèles comme elle méritent la mort. Tu devrais jouir plutôt que frémir. Et tu as vu, ne l'oublie jamais : Daech lave plus rouge ! » L'homme a éclaté de rire : il n'était pas syrien. À son accent, Nadir a soupçonné qu'il devait être européen. Pourquoi ces fous-là lui volaient-ils son pays ?

Emma a les cheveux auburn et frisés de la pauvre martyre. Chaque fois qu'il la voit, Nadir songe au regard fier de celle qu'il a vue mourir, la veille de leur fuite dans le camion. Emma rit, Emma se vêt comme une princesse. Elle ose les couleurs et les décolletés. Elle ne craint pas les regards posés sur sa beauté et elle répond vertement aux garçons quand ils se permettent des réflexions déplacées. Lorsqu'il est arrivé en France, Nadir avait emporté les images de la scène immonde dans ses valises. La jeune femme ne le quitterait jamais. « Les gens qui commettent de tels actes en se revendiquant de Dieu sont le diable en personne. » avait dit Mohamed quand ils avaient pu s'échapper de la troupe de badauds. Les exécuteurs avaient quitté les lieux, abandonnant là, au milieu de la rue, le corps de la martyre. Elle devait pourrir sur place, sans sépulture. « Aime tes ennemis comme toi-même ! » a dit le Christ. Il n'avait pas rencontré les meurtriers de Daech : autrement, il n'aurait jamais pu prononcer ces mots-là.

Amalia pose le roman sur son lit. Elle pleure. On ne peut pas faire subir de telles horreurs à un être humain ! Son petit frère qui se moque sans cesse des étrangers va sans doute puiser dans ces pages de quoi réfléchir. À moins qu'il ne trouve cela « marrant » comme il dit et qu'il refuse ainsi de se poser toute question véritable. Depuis qu'il fréquente ce Ludo, elle ne peut plus avoir aucun contact avec lui. Pas toujours facile d'être la grande sœur d'un petit con ! Au collège, elle a eu Karine Latour, il y a deux ans, quand elle était en troisième. Cette prof a le don pour dénicher des livres forts. À l'époque, elle leur avait fait lire un pavé, *Max* de Sarah Cohen-Scali. Malgré son épaisseur, le roman avait fait l'unanimité parmi les élèves. La folie nazie qu'il décrit avait permis de beaux débats en classe. *Rien, Nadir* est un ouvrage du même tonneau. L'auteure (Amalia n'en a jamais entendu parler) traite le sujet avec émotion et justesse. Et, en plus, le livre n'est pas trop long. Rien que du bonheur !

Souvent, sur Internet ou à la télé, on voit des images insoutenables sans vraiment les regarder. On zappe. Le cerveau refuse d'enregistrer ce qui lui semble trop horrible. Quand on lit la même scène dans un livre, cela prend du temps et l'on se met à gamberger. C'est d'autant plus insupportable et, pourtant, aucune image n'est montrée. Amalia ne peut pas admettre que des êtres humains puissent agir avec autant de barbarie à l'égard de leurs semblables. Personne, quoi qu'il ait fait, ne mérite le sort de cette jeune femme. Et, cependant, son cours d'histoire lui a appris qu'au fil des siècles, les hommes, quelle que soit leur religion, se sont écharpés de manières plus infâmes les unes que les autres. Est-ce l'ignorance qui conduit à de tels comportements ? Les membres de ce groupe terroriste islamique ont souvent poursuivi des études, notamment ceux qui proviennent des pays européens. « Daech lave plus rouge. » Le jeu de mots de l'auteure est terrible : si, comme son personnage, des gens peuvent rire des crimes qu'ils commettent sans conscience, c'est que l'espoir n'est plus permis.

Pourquoi des livres aussi forts sont-ils relégués dans le tiroir de la littérature de jeunesse ? Amalia en a discuté, la semaine dernière, avec sa prof de lycée qui, folle de traditions, estime qu'un livre ne mérite le qualificatif de littéraire que lorsque le temps (« Au moins cinquante ans, voire plus, Amalia ! ») l'a consacré. Pour madame Laureat, les classiques sont les seuls vrais livres. La littérature contemporaine doit encore faire ses preuves et les paralittératures sont à l'écriture ce que la margarine est au beurre. Lorsqu'elle a entendu la prof proférer cela, fière de ses certitudes, Amalia n'a pas pu s'empêcher d'intervenir et de lui demander pourquoi l'on a toujours besoin de tout placer dans des tiroirs étiquetés. « Un bon livre n'est-il pas un livre qui m'apporte du bonheur ? » a-t-elle demandé, applaudie par certains de ses condisciples. Madame Laureat s'est réfugiée derrière une grimace assez comique : « Ma petite fille, un bon livre n'offre pas que du plaisir. Pour être considéré comme bon, il doit être estampillé par les meilleurs critiques et apporter du sang neuf dans l'univers de la littérature. S'il existe des tiroirs, comme tu le dis, c'est pour mieux séparer le bon grain de l'ivraie. » Amalia n'a pas insisté. Elle s'est enfermée dans un silence boudeur : ainsi, même les écrivains ont, les uns à l'égard des autres, des comportements peu respectueux. Elle s'est dit avec tristesse que, partout où il passe, l'homme a besoin de s'affirmer supérieur et que ce besoin l'amène à rejeter l'autre, voire à le tuer. Au fond, entre des intellectuels qui se méprisent et Daech, qui tue tout ce qui ne lui convient pas, il n'y a guère de différence.

Nadir songe souvent à Emma. Il aime la voir s'emporter pour défendre ses idées. Les profs ne réussissent pas toujours à canaliser ses énergies. Emma ne peut comprendre les réflexions du KKK et elle a déjà plusieurs fois remis Klaus en place. L'autre ricane quand il n'a plus d'argument et lance un « T'es qu'une pouffe ! » ou une autre phrase du style, pleine de nuance et de délicatesse. Pourtant, il ne va pas plus loin. Dans son lit d'hôpital, Nadir tente de comprendre ce qui a conduit Klaus (car les deux autres ne sont que des suiveurs) à aller aussi loin. S'il ne lui avait pas tordu les couilles, peut-être que l'autre n'aurait pas eu cette soif aveugle de vengeance. Au fond, songe-t-il avec amertume, sa mère avait raison : la violence creuse le nid d'une plus grande violence encore. Comment la direction du collège va-t-elle réagir ? Si Klaus, Kevin et Karol se font renvoyer à cause de leurs actes, Nadir a le sentiment qu'il ne pourra plus être en sécurité nulle part. Et, pourtant, on ne peut pas laisser de tels agissements impunis.

Quand l'inspecteur de police, ce monsieur Rivière, est sorti de sa chambre, Nadir est resté pensif durant un long moment. L'homme lui avait dit qu'il était important de rendre la justice. En Syrie, tous les actes de justice sont concentrés dans les mains d'un tyran. Il n'importe pas d'être juste, il importe de protéger une dynastie de truands qui asservissent le pays d'une main de fer et qui s'en approprient les richesses. Est juste ce qui permet à Bachar al-Assad d'augmenter son pouvoir sur le peuple. Est juste ce qui permet aux suppôts de l'État islamique d'accroître leurs exactions et leur domination. En France, la perception de la justice est différente : l'agressé peut aussi avoir le droit d'être défendu. Un réfugié syrien pourrait donc gagner en justice contre cinq Français ? Il n'y croit pas vraiment, mais il trouve cela très beau. Emma en est persuadée. Pour elle, les petits doivent être défendus contre les puissants. Plus tard, elle veut devenir avocate. Nadir l'admire. En France, la jeune femme lâchement massacrée par Daech à coups de pierres aurait eu un bel avenir : il n'oubliera jamais la force qu'il a lue dans ses yeux, sa beauté, son cran et son courage. Peu de gens peuvent affronter une mort ignoble en regardant leurs bourreaux dans les yeux. Nadir croit qu'Emma fait partie de ces femmes-là, mais il n'ose pas le lui dire.

Amalia ne comprend pas madame Laureat et elle lui en veut doublement. Car, outre être sa prof de Lettres détestée, elle est aussi la mère de Philippe, un ami de classe de son frère qui partage les idées de Ludo et qui l'énerve superbement chaque fois qu'il vient à la maison. Son regard de petit vicieux s'installe sur sa poitrine et n'en décolle plus avant qu'elle sorte de la pièce. Pourquoi sa prof a-t-elle accueilli avec autant de mépris sa proposition de faire découvrir *Rien, Nadir* aux élèves de première ? Amalia n'a pas pu s'empêcher de lui lancer : « Au moins, cette fois, tout le monde lira le roman, Madame ! Vous ne pouvez pas ignorer que ceux qui détestent lire vont chercher le résumé et l'analyse de vos classiques sur Internet. » « Grand bien leur fasse ! » a répondu l'enseignante vexée. Amalia est une excellente élève. Elle espère que sa demande fera réfléchir sa prof. Elle regrette amèrement madame Latour : avec elle, lire en classe était chaque fois une aventure et un plaisir. Avec Laureat, cela frise la catastrophe ! La littérature qu'elle assène à coups de phrases ampoulées et fleuries de certitudes les dégoûte de la lecture. C'est d'autant plus triste que les grands auteurs de madame Laureat ont écrit des pages superbes. Amalia est en colère : quand sa prof comprendra-t-elle qu'un livre ne s'impose pas, qu'il se rencontre ?

La collègue

Danielle Laureat est rentrée chez elle, soucieuse. Son élève Amalia l'a interpellée et elle doit avouer que celle-ci n'a pas tort. Elle sait que cela fait longtemps que de nombreux lycéens ne lisent que contraints et forcés les œuvres qu'elle leur impose. Elle sait aussi qu'ils utilisent Internet pour se délivrer des questions et des préparations qu'elle leur inflige. Si même Amalia s'y met ! Le monde ne tourne décidément plus rond. On voudrait lui imposer de faire lire de « mauvais livres ». Le succès de cette littérature de jeunesse lui reste au travers de la gorge. Allons, enfants de la patrie, tous à l'école de la facilité ! Voltaire, Hugo, Zola, Mallarmé, Valéry, Proust et leurs collègues doivent se retourner dans leur tombe ! Où sont les belles tournures de phrases et les figures de style dans ces romans à deux sous qui sont à la littérature ce qu'une 2CV, malgré son charme désuet, est à la compétition automobile ?

Ce qu'Amalia ignore, c'est qu'elle a lu le roman. Son fils, Philippe, fréquente la classe de Karine Latour au collège. Celle-là ! Ne pourrait-elle pas préparer les jeunes à affronter les exigences du lycée plutôt que de vouloir leur donner l'envie de lire ? Lire est un travail, un apprentissage, pas un plaisir ! Danielle Laureat n'a que faire de ceux qui affirment le contraire. Elle a déjà eu de belles prises de bec avec ses collègues à ce propos et elle sait qu'en catimini, les plus jeunes (même si elle n'a que quarante-quatre ans) la surnomment « la momie ». *Rien, Nadir* : lorsqu'elle a découvert le titre du nouveau roman que son fils devait lire pour le cours de français, elle a eu envie de pleurer. Lamentable ! Et son Philippe obligé de se farcir cela alors qu'elle venait de le convaincre d'entamer *Bel Ami* de Maupassant. Elle a intercepté le roman et l'a emmené dans sa chambre.

La puanteur est devenue insupportable après que la petite Soumaya a vomi sur sa mère. Les odeurs d'urine et de merde sont soudain passées au second plan et l'âcreté de la bile de la petite fille a envahi tout l'espace. Depuis combien de temps étaient-ils recroquevillés dans l'obscurité, secoués par les mouvements du semi-remorque et par les cahots de la route ? Ils avaient passé la frontière turque en milieu de nuit. Lamia dormait appuyée contre l'épaule de son père et Nadir l'enviait d'être capable de se laisser aller dans un moment pareil. Lui n'en pouvait plus. Il avait dû se résoudre à faire comme les autres et s'était pissé le long de la jambe. La honte ! Sa mère n'aurait jamais supporté cela, elle toujours si soucieuse de sa personne et des apparences qu'elle offrait au monde. « Papa, j'en peux plus ! Faut que je sorte ! » avait d'abord murmuré Nadir en espérant que les autres ne l'entendent pas. Son père lui avait doucement posé la main sur l'épaule. « Je te demande pardon, mon fils ! Je n'aurais jamais voulu que tu vives cela. Je ne peux rien faire pour t'aider. » Nadir avait songé à ces convois de la mort qui conduisaient les Juifs dans les camps de concentration pendant la deuxième guerre mondiale. Sa mère lui avait parlé des horreurs nazies sans se douter que son fils, son mari et sa fille vivraient un jour une expérience aussi abominable.

Le camion finit par s'arrêter et les portes s'ouvrent enfin. La lumière lance ses dards dans les yeux pris par l'ombre. La voix du chauffeur leur annonce dans un anglais approximatif qu'ils doivent filer et rapido ! Il n'a pas que cela à faire, lui ! Dehors, il pleut et il fait froid. La petite Soumaya a de la fièvre et grelotte contre la poitrine de sa mère. « Un médecin, il faut trouver un médecin pour ma fille ! » clame celle-ci dans l'indifférence générale. Chacun s'occupe de soi, sans regarder l'autre. Quand ils sont tous sur le parking, le chauffeur grimpe dans son camion et, à la surprise générale, démarre. C'est l'effroi. Cris, insultes, lamentations. Un homme tente de rattraper le gros monstre qui a déjà quelques mètres d'avance, mais en vain. Il trébuche, s'écroule sur la route. Où sont-ils ? Le passeur leur avait promis de les déposer dans un lieu où ils pourraient dormir et manger. Hébétés, ils tournent la tête autour d'eux et se laissent rincer par la pluie battante. Certains, enfin, réagissent et courent se réfugier sous les arbres. Depuis quand n'ont-ils rien mangé ? « Nous devons nous disperser ! » crie l'un d'eux. « La police nous attrapera plus facilement si nous restons en groupe. » Pour la première fois, Lamia se met à pleurer. « Papa, j'ai froid ! Je veux retourner à la maison. »

Danielle Laureat a achevé le roman en deux heures et seize minutes chrono. De la guimauve, de l'émotion pour jeune fille en déroute ! Elle ne trouve pas de termes assez rudes pour parler de ce livre. Et ce besoin de décrire des scènes trash ! On se fout qu'ils se pissent et se chient dessus, ces pauvres diables ! Ce n'est pas de la littérature. Un livre doit emmener son lecteur ailleurs, avec grâce, pas le conduire en direct dans la misère du monde. Karine Latour veut-elle dégoûter ses élèves de la vie ? Croit-elle qu'ils sont capables de recevoir ainsi les vomissures du réel ? Ne vivent-ils pas dans un pays libre et riche ? Quel intérêt de leur montrer qu'ailleurs, cela ne tourne pas rond ? Que ces peuples s'assument plutôt que de chercher asile et assistance chez les autres ! Danielle Laureat sent la colère monter en elle. Il faudra qu'elle interpelle sa collègue à propos de ses choix. On ne forme pas des amoureux de la langue et de la littérature françaises avec des textes pareils. Ce roman est sordide : d'autre, il n'y a… rien à dire ! Son jeu de mots la fait sourire. Elle mettra son fils en garde. Et elle lui dira qu'un bon livre, c'est décidément autre chose.

Pourquoi ne réussit-elle plus à transmettre son amour des grands auteurs à ses élèves ? Y est-elle d'ailleurs parvenue un jour ? Outre quelques exceptions, elle sait que la plupart lit les œuvres qu'elle impose pour éviter une mauvaise note. Les vrais livres ne sont-ils donc réservés qu'à quelques-uns ? Danielle Laureat se sent découragée. Elle a toujours cru qu'il fallait créer du beau pour nourrir une élite et que la littérature participait au bonheur de celles et ceux qui peuvent l'apprécier à sa juste valeur. Elle ne comprend pas l'existence de cette culture populaire qui reflète les bas-fonds du monde et son horreur. Elle rage de voir que des enseignants la proposent à leurs élèves plutôt que de mettre toute leur énergie à transmettre la Beauté, même si celle-ci ne fait frémir que quelques-uns. *Rien, Nadir* ! Une auteure complètement inconnue en plus ! Syrienne de surcroît. La France ne possède-t-elle pas suffisamment de bons écrivains ? Danielle Laureat ne passe pas pour quelqu'un d'ouvert dans son lycée. Elle ne sait pas que certains de ses collègues murmurent avec un sourire que « la momie » rate souvent les tournants de la vie parce qu'elle les négocie à l'extrême-droite. Elle a fini par s'isoler, seule avec son Philippe qui, comme elle, se croit supérieur aux autres.

Ils partent à cinq, eux trois et un couple. En quittant le parking de l'autoroute, ils rejoignent une pâture et Lamia hurle quand une vache curieuse se dirige vers eux d'un sabot traînant. Sa petite sœur est épuisée.

Nadir ne l'a jamais connue aussi pleurnicharde. Le jeune couple qui les accompagne a fui les bombardements du régime sur la région de Homs. Ils ont perdu les leurs, père et mère, frères et sœurs… Ils sont les seuls survivants d'une famille de seize personnes. Un baril truffé de sous-munitions a explosé à quelques mètres de leur immeuble. S'ils avaient été présents ce matin-là, ils auraient été massacrés. Maryiam, la jeune épouse, parle un français impeccable : c'est ce qui les a rapprochés. Les autres se sont échappés vers des ailleurs improbables. Seule la mère de la petite Soumaya a décidé de rester sur le parking, avec sa fille, son fils et leur oncle. Quelqu'un finirait bien par leur porter secours. Au mieux, la police les arrêterait et conduirait l'enfant à l'hôpital.

Combien de temps le camion a-t-il roulé avant de les larguer comme un vieux colis ? Dans quel pays sont-ils ? Chacun a perdu ses repères. Il pleut. Leurs pieds s'enfoncent dans une terre grasse et ils ont le sentiment que celle-ci veut les absorber. Nadir extirpe avec difficulté sa chaussure droite, puis la gauche de la boue. Maryiam et Khalil avancent plus vite. Ce sont eux qui, les premiers, repèrent la ferme. Ils ont peur : ils ne parlent pas la langue du pays, ils n'ont pas de papiers. Ils s'arrêtent, observent la grande bâtisse de loin, tétanisés. Maryiam a un sursaut. « Peut-être que Daech… » commence-t-elle. Son mari la serre dans ses bras. « Pas ici, ma chérie, pas ici ! Nous avons passé la frontière turque, nous devons être en Grèce. Ici, c'est la démocratie ! » Pendant une seconde, Maryiam fixe Khalil avec des yeux vides, comme si l'espoir l'avait définitivement quittée : « Qu'Allah t'entende ! » murmure-t-elle finalement. Trois chrétiens et deux musulmans cherchent leur route dans une nation inconnue.

Le lendemain matin, Danielle Laureat dépose le roman sur la table du salon. Elle a décidé de ne pas demander à son fils de le lire. Si l'ouvrage reste là, tant pis ! Philippe n'a pas de mauvais résultats scolaires, même si de nombreuses remarques, mettant en évidence son mépris de l'autre, parsèment son journal de classe. Elle préfère qu'il récolte une mauvaise note plutôt que perdre son temps avec ce type de littérature à deux sous, d'autant plus qu'elle a remarqué qu'il avait emmené *Bel Ami* dans sa chambre.

Le soir, elle note avec satisfaction que *Rien, Nadir* n'a pas bougé de place. Sa conscience de prof la titille un peu : n'est-elle pas en train de saboter le travail d'une collègue ? Mais Karine Latour est-elle réellement une consœur en pédagogie alors qu'elle conseille de tels romans à ses élèves ? Danielle Laureat n'a aucune conscience du mépris qu'elle éprouve pour les autres et c'est sans doute pour cette raison que Philippe, son fils, a une attitude très semblable avec ses camarades de classe. Lorsqu'elle signe les remarques qui le concernent, elle se dit que, décidément, on n'aime plus les élèves qui ont du talent, que chacun préfère s'abêtir, que la vie baisse de niveau, comme la littérature et qu'il est bien triste qu'on en soit arrivé là.

Quand elle passe dans le salon, le lendemain, le livre à l'absurde couverture rouge sang a disparu. Son fils descend dix minutes plus tard dans la cuisine, avec des poches sous les yeux. Il étouffe un terrible bâillement avant de saisir maladroitement la boîte de corn-flakes. « Mal dormi ? » demande-t-elle. Et lui, avec un soupir, répond qu'il est crevé parce qu'il a lu jusqu'à trois heures du matin : « Ce bouquin que madame Latour a donné, il est vraiment trop trash ! Je n'ai pas pu le lâcher, même si certaines scènes m'ont dégoûté. Finalement, tu l'as lu ? » Danielle Laureat frémit : « Trop trash, cela ne signifie rien, Philippe. Je crois t'avoir éduqué à parler correctement le français ! Argumente donc : qu'as-tu trouvé d'intéressant à ce roman ? » L'agressivité matinale de la mère braque le fils : « Oh, Maman, tu me gonfles ! Pas à sept heures du matin. On en parle ce soir, tu veux bien ? » Danielle Laureat fulmine, mais elle se contient. Voilà que Philippe parle comme un personnage de littérature de jeunesse ! Et, en plus, il a apprécié ce texte facile ! Il faudra qu'elle lui démontre, avec des arguments précis, que ce roman est un sale livre. Elle a envie de pleurer.

Le père de Nadir prend son courage à deux mains et s'avance vers l'entrée principale de la ferme. Tout de suite, des chiens aboient. Une femme apparaît, les mains posées sur les hanches. Elle se retourne, crie quelques mots et est rejointe par deux hommes qui lancent vers le groupe des regards soupçonneux. Un instant d'arrêt : d'un côté, des êtres libres et bien nourris, de l'autre, des fuyards en guenilles, puants et crottés. Une image interpellante de notre humanité malade. Le plus grand des hommes lance quelques mots qu'ils ne comprennent pas. « Je crois que c'est du grec » dit Maryiam. Avant de devoir fuir son pays, elle a poursuivi des études de lettres à Damas. Le père de Nadir tente quelques mots en anglais. Lamia se met à pleurer et c'est elle qui noue le lien. Soudain, la femme marche vers eux, les mains tendues, avec un sourire. Lamia quitte la main de son père et court vers celle qui l'accueille avec des larmes dans les yeux.

Ils passent cinq jours dans la ferme. Ensuite, leur fuite reprend. Maryiam et Khalil rêvent de se retrouver à Paris. Lamia, Nadir et leur père s'arrêteront à Mulhouse un peu par hasard. Ils se feront pincer juste après avoir passé la frontière suisse et perdront la trace du jeune couple qui les a accompagnés pendant plusieurs semaines. De son voyage, Nadir a appris la haine et de grands élans de fraternité. Ils ont été nombreux à se relayer pour les aider. À Mulhouse, ils ont doucement appris à se reconstruire, mais cela n'a pas été facile. Leur père s'est éteint dès que l'adrénaline de la peur l'a quitté. Ses enfants avaient un toit. Il devenait inutile. Un assisté qui cherchait du travail, mais qu'on rejetait chaque fois pour des questions de papiers... La France est compliquée. À l'école primaire, Lamia s'est rapidement adaptée.

Au collège, à cause des KKK, cela a été plus difficile pour Nadir. Il songeait souvent à son pote Mohamed dont il n'avait plus de nouvelles : sa famille et lui avaient-ils fui la Syrie, eux aussi ?

L'auteure

J'ai lu plusieurs fois le message très touchant de cette enseignante, tombé dans ma boîte mail, hier, en fin de soirée. Depuis qu'il est sorti, peu de personnes ont lu mon roman avec une telle attention et une telle humanité. Cette madame Latour établit des liens avec un auteur que j'aime autant qu'elle : Christian Bobin dont j'ai découvert l'œuvre lumineuse peu après mon arrivée en France. J'aimerais tant que mes personnages puissent voir la vie comme il la regarde, dans ses petits mouvements de grâce et d'abandon. Cet auteur m'apaise et me permet d'apprivoiser mes blessures : mon pays saigne, j'ai réussi à en réchapper, j'ai pu me créer un nouvel avenir, mais, là-bas, des dizaines de milliers de personnes souffrent chaque jour, massacrées par des barbares, torturées, violées, transformées en esclaves de la misère et de la peur. On dirait que, derrière mes phrases, cette Karine Latour a deviné la réalité de mon émoi, sa profondeur, son épaisseur.

Elle m'annonce qu'elle a fait lire mon roman à ses élèves de troisième et qu'il a bouleversé, voire révolté nombre d'entre eux. Elle voudrait leur offrir une surprise : leur permettre de me rencontrer pour ouvrir avec moi un dialogue autour de mon œuvre. Je n'ai encore jamais réalisé ce genre d'exercice et cela me fait peur. J'ai l'impression qu'en parlant de mon livre, je me confronterai à moi-même, à mes peurs enfouies, à mes fêlures. Écrire ce texte n'a pas été facile, mais l'écriture permet une distance qui bride les sentiments. Me retrouver tout à coup en face d'un groupe d'adolescents risque de faire remonter des tremblements et des émotions trop longtemps contenues. Quelle image leur donnerai-je si je craque devant eux ? Dans son message, l'enseignante parle d'un devoir de témoigner de l'horreur et me remercie pour mon courage. Elle ajoute que c'est grâce à des personnes comme moi que l'humanité peut aller de l'avant. Parce que je porte sur les êtres, quelles que soient leur religion et leurs croyances, un regard lumineux et empathique. Elle ajoute que le ciel bleu que j'espère peut être vraiment bleu parce qu'il a connu l'obscurité. Et elle cite Bobin. Elle voudrait que ces jeunes « chrétiens, athées et musulmans » précise-t-elle, puissent avoir le bonheur de rencontrer une personne de ma qualité. Son message me voit en beau et cela me donne envie de l'être. Je suis émue, très émue.

Karol et Kevin ont subi deux jours de renvoi, mais ils ont évité le pire. Ils savent qu'un prochain dérapage leur sera fatal et qu'il vaut mieux qu'ils se tiennent à carreau. Klaus, lui, a été exclu du collège. Nadir ne sait pas ce qu'il doit en penser. Son seul désir est d'instaurer une paix durable dans la classe. Si tous trouvent l'agression des KKK inacceptable, certains (ils sont heureusement une minorité !) regrettent l'exclusion de ce voyou de Klaus. « On le connaît depuis la maternelle. Il a toujours été un cas, mais il nous amuse. » Ces réflexions ont créé la colère d'Emma qui ne s'est pas privée de recadrer vertement les supporters du « K social ». Nadir ne sait plus où se mettre quand elle est là. Il est gêné qu'une fille prenne ainsi sa défense : en Syrie, on rirait de lui. Mais, Emma, il y pense tout le temps. Lamia lui a demandé s'il était amoureux. « Pourquoi affirmes-tu ça ? » a-t-il rétorqué vivement. « Parce que tu as du rêve dans les yeux et que tu ne me dis plus que je suis la princesse de ton cœur. » Il a perçu un léger sourire sur le visage de son père. La vie reprenait doucement ses droits après des mois de misère, de vide et de désespoir.

Quant aux deux frères Kobloth, ils ont été renvoyés du lycée et sont poursuivis en justice. Nadir craint de rencontrer Klaus ou les deux jumeaux dans la rue. Après avoir abandonné l'idée de la barre de fer dans son sac, il s'est promené avec un cran d'arrêt dans la poche. Son père l'a découvert et s'est fâché. Une nouvelle preuve qu'il revient dans le monde des vivants. « N'as-tu pas compris que la violence n'entraîne que la violence ? Ils ont été punis. La justice est rendue. Je t'interdis ce couteau. Tu ne peux faire que du mal avec ça ! » Lamia, qui assistait à la scène, a crié : « Nadir, je ne veux pas que tu ailles en prison ! » Il a cédé, il a tendu le cran d'arrêt à son père, mais il a dit : « Je ne croyais pas qu'en France, je devrais avoir peur. »

Je lui ai demandé de m'accorder le temps de réfléchir. Je ne me sentais pas prête à affronter un groupe d'adolescents. Il fallait faire le trajet jusqu'à Mulhouse, une ville inconnue, et je n'avais pas l'habitude de me déplacer seule. La France est si grande, mais l'on y voyage si facilement ! Cela fait presque deux ans que mon mari et moi y vivons, mais nous avons conservé certaines habitudes. En Syrie, depuis le début de la situation chaotique, je ne me déplaçais plus sans lui. S'il arrivait quelque chose, il désirait que nous mourions ensemble. Je l'ai aimé plus fort quand il a dit cela, mais, en même temps, sa phrase m'a rendue très triste. Comment notre pays avait-il pu tomber si bas ? Au point que la préoccupation de chacun fût non plus de vivre, mais de ne pas mourir sous les bombardements d'un président sanguinaire ou persécutés par les fous de Daech. Il n'y a, en Syrie, plus d'endroit où déposer sa peine : la nation a été transformée en un grand cri de désespoir.

Ce livre est né de mon besoin de sortir du silence, de retrouver ma voix. Il n'était pas possible que mon pays se meure sans que le monde n'en sache rien. Il n'était pas possible que je me taise après ce que j'avais vécu. Universitaires, le président et son épouse peuvent continuer à mener une existence presque normale où ils profitent d'un luxe qu'ils doivent à leur peuple martyr. Universitaires, mon mari et moi dépendons de l'aide sociale et vivons à Paris, dans un deux-pièces humide du neuvième arrondissement.

Sans pouvoir espérer un travail, malgré nos diplômes qui ne sont pas reconnus ici. Sans pouvoir croire qu'un jour, nous retrouverons les lieux où nous avons grandi et où les nôtres ont été tués. Ce livre est né de ma révolte et de la compassion : je n'ai pas trente ans et j'ai vu trop d'abominations. Ce livre existe pour que les Français sachent combien, dans mon pays, la nuit a effacé le jour, que la guerre qui s'y déroule est un déni permanent de l'humanité, de la démocratie et de la liberté. Ce livre est mon cri. Les adolescents qui m'entendront seront-ils capables de recevoir cela ? S'ils sourient, je suis morte. S'ils m'écoutent distraitement, je ne le supporterai pas. Mon mari m'a dit : « Dans ton roman, tu as mis ton cœur. Pourquoi aurais-tu besoin d'en parler ? Tes mots de papier ne suffisent-ils pas ? »

Cela s'est fait spontanément. En classe, Nadir a fini par s'asseoir à côté d'Emma. C'est sans doute le fait qu'elle prenne constamment sa défense qui les a rapprochés. Et qu'elle ne craigne en rien les racistes. Même si Klaus n'est plus là pour hurler que Dieu a donné la France aux Français, il y en a d'autres, plus lâches, plus fielleux qui lui font ressentir qu'à leurs yeux, il sera toujours un étranger.

Même si Nadir croit au même Dieu qu'eux et que Jésus risquait plus de lui ressembler que d'être un blond aux yeux bleus. Sans compter qu'il y avait peu de chance qu'il connaisse le Baeckeoffe et la Flammeküche ! C'est encore Emma qui a lâché cette vanne au cours d'histoire ! Elle a fait rire le prof, ce qui est une belle réussite. À la fin du cours, elle a demandé à Nadir s'il avait déjà mangé ces plats typiques du coin et elle lui a vanté le Baeckeoffe aux trois poissons de sa mère : saumon, lotte, perche, carottes, poireaux, pommes de terre, céleri, vin blanc, sel, poivre, un ou deux citrons sans oublier les herbes aromatiques. « L'important est de faire mariner assez longtemps les morceaux de poisson découpés en gros dés et de trancher patates, carottes et poireaux en rondelles fines pour que les différentes saveurs puissent se mêler. » La récré se transformait en cours de cuisine ! Il se sentait bien, Emma le mettait en appétit. Jusqu'au moment où elle lui a demandé : « Ta mère ne t'en a jamais préparé ? » Elle ne pouvait évidemment pas savoir. Nadir n'a parlé de sa situation familiale à personne et il ne sait même pas si les professeurs sont au courant. Emma a remarqué que son visage se fermait et qu'il pâlissait. Elle lui a pris les mains et elle a murmuré : « Excuse-moi si j'ai gaffé. Nous nous connaissons si peu. » Il sentait les doigts d'Emma dans les siens et son regard sincèrement désolé lui caressait le cœur. À elle, il pouvait se confier sans risque, mais les mots ne venaient pas. Il a fermé les yeux, a respiré un grand coup, a serré fort les doigts d'Emma et a lâché très vite cette petite phrase qui l'étouffait : « Ma mère est morte. »

C'était la première fois qu'il se livrait à quelqu'un depuis son arrivée en France, la première fois qu'il établissait un lien entre son univers syrien et sa nouvelle vie. Il avait envie de hurler, mais il remarqua quelques regards posés sur le couple qu'il formait avec Emma qui n'avait pas lâché ses mains. Des ragots allaient naître et, fidèle à elle-même, Emma s'en fichait. Elle a même fait plus : quand elle a remarqué les larmes qui perlaient dans les yeux de Nadir, elle a lâché ses mains et l'a serré dans ses bras. Il n'a eu d'autre choix que de passer les siens autour de sa taille. Elle a appuyé la tête contre son épaule, il a senti les pommes fermes de ses seins contre son estomac. Soudain, les beaux cheveux auburn et le regard de la femme lapidée ont surgi dans sa mémoire : est-ce parce qu'elle avait serré un homme contre elle qu'elle avait subi cet immonde châtiment ? Nadir s'est reculé, a défait leur étreinte : « On va nous voir... » a-t-il murmuré. « Mais je m'en fous, je les emmerde ! » a-t-elle répondu avant de lui plaquer un fin baiser sur les lèvres.

Mon mari a raison : un livre devrait pouvoir se suffire à lui-même. L'auteur n'en est toujours qu'une béquille, même si c'est lui qui l'a écrit ! On peut être une personne remarquable et écrire des textes boiteux. On peut aussi très bien écrire et ne pas pouvoir parler de son travail. Je ne sais pas si j'écris bien ou mal. Je débute dans le métier et j'estime avoir beaucoup de chance : les éditeurs reçoivent tant de manuscrits. Pourquoi avoir choisi le texte d'une inconnue ? Parce que la Syrie est « à la mode » pour le moment à cause des horreurs qui s'y déroulent ? Le directeur littéraire que j'ai rencontré m'a paru sincère. Il a en tout cas lu mon livre avec attention : il avait griffonné mille petites remarques dans la marge, entre les lignes, sur le verso de mes feuilles A4... Nous avons retravaillé le texte ensemble et cela m'a permis d'y apporter plus de cohérence et de punch. Mes dialogues manquaient de vie et de réalisme. « Si vous voulez être lue par les ados, il faut aussi parler comme les ados ! » Certaines expressions m'ont gênée. Les livres français que j'ai lus durant mes études étaient plus classiques, plus softs aussi.

Cette madame Latour semble si enthousiaste ! Elle m'a réécrit pour partager ses impressions après un débat mené dans sa classe. Elle m'a avoué que certains estimaient que mon roman collait trop à la réalité et que certaines scènes effroyables ne devraient pas être relatées. Celle de la lapidation, notamment. Les ados qui possèdent tout ne peuvent pas envisager l'horreur véritable. S'ils savaient ce que j'ai réellement vu dans mon pays ! Les malheureux que Daech crucifie dans les carrefours, les têtes qu'ils plantent sur les grilles des jardins publics, les corps décapités et couverts de mouches qui sont ligotés à des poteaux, les enfants obligés d'exécuter les prisonniers sous peine de sévices… Ces barbares se permettent tout. La terreur qu'ils font régner multiplie le nombre de personnes qui les haïssent et qui rêvent à leur éradication et réduit le nombre de leurs contradicteurs saisis par la peur de subir le même sort que les martyrs exposés aux yeux de tous. Madame Latour parle de l'importance d'un témoignage direct pour permettre à ses élèves de prendre conscience de leur bonheur. « Quand on vit dans l'aisance, on se rit de l'ombre sans pour autant se tourner vers la lumière. J'aimerais qu'ils apprennent que, sur la même planète que la leur, certains ne possèdent plus rien, vivent dans le noir et, malgré cela, cultivent l'espérance. » J'ai relu plusieurs fois la phrase de cette prof. Le soir, après le repas, j'ai annoncé à mon mari que j'irais là-bas et que, pour la première fois depuis que nous étions en France, je désirais m'y rendre seule : pour que lui et moi apprivoisions davantage la paix et fuyions la peur qui nous serre les tripes depuis trop longtemps. Pour que l'un et l'autre, nous retrouvions un petit peu plus notre liberté intérieure.

Ce court baiser d'Emma l'a rendu fou. La cour de récré n'était pas le lieu pour aller plus loin et, d'ailleurs, Nadir n'aurait pas pu. Il venait d'enfin oser parler de la mort de sa mère, une fille le serrait contre son corps et l'embrassait ! Ses jambes se sont mises à trembler. Il s'est écarté, a murmuré « Le prof va nous voir. » Emma a ri et a rétorqué : « Tu crois qu'il n'a jamais embrassé personne ? » En Syrie, une telle conversation était inimaginable. Les Françaises ressemblaient à des tempêtes ! Emma a compris qu'il était submergé et elle a eu la délicatesse de changer de sujet. Elle est revenue au Baeckeoffe aux trois poissons de sa mère et lui a proposé de venir en manger un chez eux. « Je parle tellement de toi à la maison ! Elle sera heureuse de faire ta connaissance. » « Et ton père ? » a questionné Nadir. « Pas de souci, a-t-elle répondu, il aime quand je suis heureuse. » Tout semblait si facile. Comme s'il suffisait de se pencher et de saisir le bonheur en bouquet. Emma a ajouté dans un sourire : « Tu n'y vois pas d'inconvénient ? Je crois qu'on peut dire que nous sommes amis maintenant, non ? »

La rencontre

C'est le branle-bas de combat au CDI. L'auteure de *Rien, Nadir* est annoncée en fin de matinée et chacun répète son rôle sous la houlette d'Émeline Faret et de Karine Latour. Une fois de plus, ce seront Justine et Tristan qui seront placés au premier plan : elle accueillera la jeune femme et lui dira le bonheur que les élèves ont de la rencontrer, lui résumera les différentes opinions qu'il a récoltées à propos de son roman et tentera ainsi de partager avec elle le parfum de leurs lectures. Madame Latour lui a demandé de mettre son humour, légèrement corrosif, en poche. C'est la première fois que l'auteure se livre à ce genre d'exercice et, au téléphone, elle lui a avoué qu'elle appréhendait ce moment. Philippe a jeté un froid lorsqu'il a dit que sa mère, « prof de Lettres quand même » a-t-il cru bon de préciser, ne considérait pas ce roman comme un texte de qualité et qu'il relayerait son opinion auprès de l'écrivain. « Ma mère voudrait que l'auteure explique la différence qu'elle fait entre un livre comme le sien et la vraie littérature… » À la grimace qu'elle tirait, tous ont remarqué que madame Latour n'était pas très heureuse d'entendre cela. « Ta mère, c'est rien qu'une bourge », a grogné Justine. « La vraie littérature, c'est celle qui me donne envie de lire. »

Tristan est intervenu avec son habituel sourire légèrement narquois. Il a précisé à la prof qu'il vaudrait peut-être mieux placer Philippe en quarantaine. « Imaginez qu'il serve à l'auteure, que vous nous annoncez émotive, que son roman est un sale livre comme il nous l'a dit lors du dernier débat. Comme le dirait ma consœur Justine, ça foutrait la merde, non ? » Il a fait rire tout le monde, mais madame Faret a tenu à préciser qu'il valait mieux que chacun s'adresse à l'écrivain avec retenue, surtout dans ce cas-ci : il n'est pas évident de se confronter à des adolescents et c'est son premier livre. Philippe, rejoint par Jean-Vincent et Ludo, a rétorqué qu'une nouvelle fois, la démocratie, c'était la permission de tout dire avec une plume dans le cul. « Liberté de penser = liberté de choquer ? » leur a rétorqué Faruk. « Voilà le Syrien qui accède à la parole pour défendre une Syrienne ! » a lâché Jean-Vincent. Madame Latour a dû mettre le holà et imposer le silence. Ces trois cons plombaient l'atmosphère de la classe et ce n’était pas la première fois. Le discret Faruk, chacun l’aimait bien. Il avait rejoint le groupe en janvier et n’avait aucun ennemi, outre les trois caves incapables de voir un étranger sans se croire obligés de lâcher un commentaire foireux. Après la lecture du livre, certains lui avaient demandé si cela se passait réellement ainsi dans son pays. Sa réponse avait été courte et avait clôturé le débat : « Si cela se passait mieux, tu crois que je serais venu en France ? » Madame Latour avait demandé de ne pas insister pour ne pas remuer, dans le cœur de Faruk, de mauvais souvenirs.

Emma est son ange-gardien, Nadir en est persuadé. Ils sortent ensemble du collège et, cette fois, contre un arbre de la belle avenue ombragée à quelques rues de l’école, ils s’embrassent longuement. Quand ils desserrent leur étreinte, Nadir songe à sa mère. Il est persuadé qu’elle aurait ri de bonheur si elle l’avait ainsi surpris dans les bras d’une fille. Il ne peut retenir les larmes qui lui envahissent les yeux. Emma les essuie d’un doigt amoureux et lui donne ainsi la force de murmurer : « Tu sais, ma mère, tout ce qui me rendait heureux la rendait heureuse ! Elle t’aurait beaucoup aimée. » Emma sourit et se blottit contre lui. Elle ne demande rien, elle est simplement présente et aimante ; c'est sans doute cela qui donne à Nadir la force de lui parler. Pour la première fois, depuis son arrivée en France, il raconte son histoire, là-bas, dans sa Syrie aimée, son amitié pour Mohamed le musulman et pour sa famille qui les a sauvés, l'horreur de Daech et le meurtre de sa mère en pleine rue, juste parce qu'elle se trouvait au mauvais endroit au mauvais moment. Il ajoute : « Tu sais, je n'arrive pas à croire qu'elle est morte. Elle était trop lumineuse pour finir sous les balles de ces salauds. » Des images reviennent : Lamia en larmes, son père raide comme un canon de revolver, les lamentations de la mère de Mohamed, les hommes qui revenaient la nuit avec des corps enveloppés dans des draps blancs, ceux qu'ils avaient arrachés à la rue au péril de leur vie pour leur donner une sépulture. Sa mère, la belle Zohra, était-elle réellement parmi ces cadavres mutilés ? Il dit encore : « Emma, je ne serai pas un petit-copain marrant. La guerre en Syrie m'a volé mon enfance. » Les yeux d'Emma brillent comme un sourire dans la nuit et Nadir sait qu'il a trouvé quelqu'un pour le guider vers la lumière.

Les plus terribles histoires ont-elles une issue heureuse ? Nadir n'en sait rien. Des paroles de sa mère lui reviennent : « Le bonheur n'est pas une fin en soi ; il est une source que tu as le devoir d'alimenter, petit à petit, jour après jour, sans t'oublier toi, mais sans jamais oublier les autres. » Plus petit, il ne comprenait pas la phrase : une source qu'on alimente ? C'est son père qui, un jour, lui a donné la clé du mystère : « Dieu est une source, mais ne coule pas de source, Nadir. C'est le regard que tu lui offres qui le fait vivre en toi. Sans toi, Dieu ne peut rien. Sans toi, la source n'est pas alimentée. Pour que la vie s'enclenche, il faut créer un lien. » Comme il aimerait retrouver ce père-là ! Peut-être qu'avec Emma, avec la force d'Emma, il pourra lui redonner envie de s'extraire du gouffre où la mort de sa Zohra chérie l'a plongé. « Tu ne regardes plus la source dont tu me parlais, Papa ! Tu as perdu la foi ! » Quand il quitte Emma après un nouveau baiser, il sait que sa vie a pris un tournant. Il ne veut plus que son père fixe le mur vide de la cuisine comme s'il y cherchait le visage de sa femme assassinée. Maintenant, il sait qu'il est capable de lui dire que leur mère n'aurait jamais voulu cela. Elle aurait exigé qu'il se batte pour recréer le lien avec la vie et pour ainsi donner tort aux monstres qui l'ont assassinée.

Ils ne l'imaginaient pas aussi belle, aussi simple, aussi vive. L'auteure tant attendue est enfin devant eux. Souriante et attentive. Ils sont impressionnés. Ceux, comme Jean-Vincent et Ludo, qui l'imaginaient en djellaba et voilée, sont déçus : elle porte une belle robe rouge qui découvre ses épaules sur lesquelles glissent de longs cheveux noirs et moirés. Elle est légèrement maquillée, avec goût, sans la moindre ostentation : un peu de gris sur les paupières et un rouge à lèvres délicat qui rappelle sa robe. Harmonieuse et fine. À peine trente ans. Une très jolie femme. « Enfin, ils peuvent poser un visage sur l'auteure de *Rien, Nadir*, car, d'elle, ils n'ont rien découvert sur Internet. Pas de profil Facebook, pas de compte Twitter et des articles qui parlent de son livre sans y joindre la moindre photo. A-t-elle besoin de se cacher ? Est-elle menacée pour ce qu'elle écrit ? Dans un univers où l'image est reine, ils ne comprennent pas qu'une auteure choisisse de demeurer à l'écart de ce qui pourrait lui faire de la pub.

Elle leur répond posément, dans un français parfait, teinté d'un léger accent. Elle explique que c'est son roman qu'elle choisit de mettre en évidence, pas elle, qu'elle n'est que l'intermédiaire entre une réalité qu'elle a vécue et les mots qui sont couchés sur le papier. « Je crois que les auteurs doivent choisir une position de retrait et se mettre ainsi au service de leur œuvre. S'afficher sur tous les réseaux sociaux ne sert que l'ego, la peopolisation, pas le texte. » Tristan lui dit qu'il apprécie franchement sa vision des choses et que, comme elle, il remet en question une société où seuls l'apparence et l'instant sont valorisés. Il ajoute qu'il comprend d'autant plus mal qu'elle ait écrit un roman collé au réel le plus dur, sans distance. La littérature ne permet-elle pas ce recul nécessaire pour sortir de l'émotion directe, pour créer une analyse ? Cela s'agite dans le fond, du côté de Philippe, de Jean-Vincent et de Ludo : madame Faret se rapproche tranquillement du petit groupe et elle leur jette un regard noir qui les calme tout de suite. L'auteure ne semble rien avoir remarqué ; elle répond à Tristan que son choix de présenter le réel avec son côté parfois un peu trash est né d'une volonté de créer un électrochoc. « Ce qui se passe en Syrie et en Irak pour le moment n'a rien de littéraire et je voulais que mon livre soit le reflet de cette réalité-là. » En se frottant le menton de l'air inspiré qu'il prend quand il réfléchit, Tristan lui répond : « Mon père affirmerait que vous êtes une adepte de l'art brut. »

Lorsqu'il entre dans la cuisine, Lamia éclate de rire et lance : « Cette fois, ça y est ! Ton amoureuse t'a embrassé ! » Nadir a un mouvement de recul. Sa petite sœur serait-elle magicienne ? Où va-t-elle chercher cela ? « Ne nie pas, nigaud ! Tu as du rouge à lèvres près de la bouche. » Il porte sans réfléchir les doigts vers son visage pour effacer les traces du baiser d'Emma. « Et voilà ! Tu avoues ! Je suis vraiment trop balèze ! » Lamia, c'est la force de vie de leur mère à la puissance trois. Il la trouve incroyable et il ne réussit pas à comprendre où elle puise cette joie-là. Il la regarde et, penaud, il demande : « Tu ne diras rien à Papa ? » Elle fait mine de réfléchir, puis se jette à son cou : « Alors, c'est vrai ? Comment s'appelle-t-elle ? Elle est belle ? » Il éclate de rire : Lamia, elle est vraiment trop cool. Ils sont encore dans les bras l'un de l'autre lorsque leur père pénètre dans la pièce. « C'est quoi, tout ce boucan ? » Il s'interrompt et les observe avec émotion. « Papa, rejoins-nous, lance Lamia. Nadir est amoureux, mais je lui ai promis de ne rien te dévoiler. » Le père s'avance et serre ses enfants dans ses bras. Ils demeurent, enlacés, en silence, pendant de longues secondes. Nadir songe à Emma et c'est dans son sourire qu'il trouve la force de souffler, avec des larmes dans les yeux : « Maman serait heureuse de nous voir ainsi. Il faut que tu retrouves le bonheur, Papa. »

L'auteure sourit. Elle s'apprête à répondre à la remarque de Tristan lorsque la voix de Philippe fuse : « Moi, je trouve que c'est un sale livre. » Un ange passe dans le CDI. Un ange ou un démon ? Les trois cons du fond paraissent fiers d'eux : ils ont défié l'autorité et critiqué la Syrienne. Celle-ci ne perd pas son calme. Elle se tourne vers Philippe et lui demande d'argumenter son opinion. Il demeure à quia et il détourne les yeux. Madame Faret s'apprête à intervenir et Philippe va sans doute passer un mauvais quart d'heure. Lorsque la gentille documentaliste se fâche, ce n'est pas de la tarte ! L'auteure intervient encore et, avec un sourire, ajoute : « J'ai été confrontée à des gens qui tuent leurs prochains sans le moindre état d'âme, sans réfléchir. Des adeptes de la mort brute. Pour les dénoncer, j'ai utilisé leurs mots dans mon roman. S'ils te choquent, c'est bon signe, mais tu dois réussir à prendre cette distance dont je parlais tout à l'heure. Pour passer à un niveau supérieur où la délicatesse et le respect de l'autre sont mis à l'honneur. Cherche la lumière partout où tu avances et tu trouveras le bonheur. » Les élèves applaudissent la jeune femme. Pour quelqu'un qui avait peur de la rencontre, elle se défend drôlement bien !

Quand la classe retrouve son calme, Justine se retourne soudain vers Karine Latour et lance : « Mais, Madame, où est Faruk ? » Madame Latour jette un regard inquiet sur le groupe et, en se tournant vers l'auteure, explique : « Il m'a demandé de passer aux toilettes juste avant votre arrivée. Je ne comprends pas. Il ne nous a pas rejoints ? » Une voix retentit derrière l'étagère qui masque la sortie vers le couloir. « Je suis là, Madame ! Ne vous inquiétez pas ! » Justine pousse un soupir de soulagement et lui demande pourquoi il joue au petit cachottier avec sa compatriote. Faruk rejoint le groupe en souriant : « Parce que... » commence-t-il.

Pendant l'intermède involontairement provoqué par Justine, les regards des élèves et des profs se sont détournés de l'auteure. Ils reviennent vers elle quand elle s'exclame d'une voix aiguë : « Faruk ! » Elle se lève et ils se jettent dans les bras l'un de l'autre en pleurant.

Quand le moment d'émotion vive est passé (même Tristan semble avoir été ému par cet instant d'art brut !), viennent les explications. Les élèves de 3e F et leurs professeurs n'en croient pas leurs oreilles. Après avoir demandé à Faruk si elle pouvait en dire plus, l'auteure leur explique que son roman, c'est pour Faruk, sa petite sœur et leur père qu'elle l'a écrit. Parce qu'elle croyait qu'ils étaient morts… Parce qu'elle, son mari et eux ont quitté la Syrie ensemble, qu'ils ont ensuite voyagé à cinq, qu'ils ont été séparés à la frontière suisse, pas loin de Mulhouse, que cela fait presque deux ans qu'elle est sans nouvelles d'eux, ses amis chrétiens sans qui ni elle ni Khalil, son mari, n'auraient pu rejoindre la France. Elle a écrit le roman pour leur rendre hommage et si celui-ci est une fiction, si elle a modifié les prénoms, elle s'est inspirée d'eux trois pour créer ses personnages. Lorsqu'elle se tait, Faruk l'embrasse : « Quand j'ai lu ton nom sur la couverture, j'ai cru que mon cœur allait exploser, Maryiam ! Je n'ai osé en parler à personne, même pas à mon père. Il fallait que je te voie en vrai d'abord. Et j'étais si ému à l'idée de te revoir que je me suis caché… Qu'est-ce que mon père et ma sœur vont être heureux de vous savoir en vie ! »

Karine Latour songe que nos vies sont posées dans la main des anges. Si elle s'était doutée de cela quand elle a saisi *Rien, Nadir* sur une table de la librairie de son amie Maryline. Elle observe ses élèves encore sous le choc. Émeline Faret a prévu un petit buffet apéritif pour qu'ils puissent discuter de manière plus conviviale avec l'auteure. Celle-ci passe gentiment d'un groupe à l'autre. Près de l'étagère derrière laquelle il se cachait, Faruk discute avec Justine. Ses grands yeux verts brillent d'étonnement quand elle lui demande : « Dis, Nadir, je ne pourrais pas devenir ton Emma ? »

Table des matières